Von Heinz G. Konsalik
sind als Heyne-Taschenbücher erschienen

Die Rollbahn · Band 01/497
Das Herz der 6. Armee · Band 01/564
Sie fielen vom Himmel · Band 01/582
Der Himmel über Kasakstan · Band 01/600
Natascha · Band 01/615
Strafbataillon 999 · Band 01/633
Dr. med. Erika Werner · Band 01/667
Liebe auf heißem Sand · Band 01/717
Der rostende Ruhm · Band 01/740
Entmündigt · Band 01/776
Zum Nachtisch wilde Früchte · Band 01/788
Der letzte Karpatenwolf · Band 01/807
Die Tochter des Teufels · Band 01/827
Das geschenkte Gesicht · Band 01/851
Privatklinik · Band 01/914
Aber das Herz schreit nach Rache · Band 01/927
Auf nassen Straßen · Band 01/938
Agenten lieben gefährlich · Band 01/962
Zerstörter Traum vom Ruhm · Band 01/987
Agenten kennen kein Pardon · Band 01/999
Der Mann, der sein Leben vergaß · Band 01/5020
Fronttheater · Band 01/5030
Der Wüstendoktor · Band 01/5048
Ein toter Taucher nimmt kein Gold · Band 01/5053
Die Drohung · Band 01/5069
Eine Urwaldgöttin darf nicht weinen · Band 01/5080
Viele Mütter heißen Anita · Band 01/5086
Wen die schwarze Göttin ruft · Band 01/5105
Ein Komet fällt vom Himmel · Band 01/5119
Straße in die Hölle · Band 01/5145
Ein Mann wie ein Erdbeben · Band 01/5154
Diagnose · Band 01/5155
Ein Sommer mit Danica · Band 01/5168
Des Sieges bittere Tränen · Band 01/5210
Die Nacht des schwarzen Zaubers · Band 01/5229
Alarm! – Das Weiberschiff · Band 01/5231
Bittersüßes 7. Jahr · Band 01/5240
Das Teufelsweib · Band 01/5350
Liebe ist stärker als der Tod · Band 01/5436
Haie an Bord · Band 01/5490
Niemand lebt von seinen Träumen · Band 01/5561
Das Doppelspiel · Band 01/5621
Die dunkle Seite des Ruhms · Band 01/5702
Der Gentleman · Band 01/5796
Konsalik – der Autor und sein Werk · Band 01/5848
Der pfeifende Mörder / Der gläserne Sarg · Band 01/5858
Die Erbin · Band 01/5919
Die Fahrt nach Feuerland · Band 01/5992
Der verhängnisvolle Urlaub / Frauen verstehen mehr von Liebe · Band 01/6054
Glück muß man haben · Band 01/6110
Der Dschunkendoktor · Band 01/6213
Das Gift der alten Heimat · Band 01/6294
Frauenbataillon · Band 01/6503
Heimaturlaub · Band 01/6539
Die Bank im Park / Das einsame Herz · Band 01/6593
Eine Sünde zuviel · Band 01/6691
Der Geheimtip · Band 01/6758
Russische Geschichten · Band 01/6798
Nacht der Versuchung · Band 01/6903
Saison für Damen · Band 01/6946
Das gestohlene Glück · Band 01/7676
Geliebter, betrogener Mann · Band 01/7775
Sibirisches Roulette · Band 01/7848
Tödliches Paradies · Band 01/7913
Der Arzt von Stalingrad · Band 01/7917
Schiff der Hoffnung · Band 01/7981
Bluthochzeit in Prag / Straße ohne Ende / Wir sind nur Menschen · Band 01/8021
Die Verdammten der Taiga · Band 01/8055
Airport-Klinik · Band 01/8067
Liebesnächte in der Taiga · Band 01/8105
Männerstation · Band 01/8182
Das Konsalik-Lesebuch · Band 01/8217
Heinz G. Konsalik · Band 01/8218
Das Bernsteinzimmer · Band 01/8254
Der goldene Kuss · Band 01/8377
Treibhaus der Träume · Band 01/8469
Die braune Rose · Band 01/8665

HEINZ G. KONSALIK

STADT DER LIEBE

Roman

WILHELM HEYNE VERLAG
MÜNCHEN

HEYNE ALLGEMEINE REIHE
Nr. 01/8899

Die erweiterte Ausgabe des
bereits erschienenen Titels
»Die Bank im Park« (01/6593).

9. Auflage
2. Auflage dieser Ausgabe

Wilhelm Heyne Verlag GmbH & Co. KG, München
Printed in Germany 1994
Umschlagillustration: ZEFA/ZEFA U. K.
Umschlaggestaltung: Atelier Ingrid Schütz, München
Satz: (1753) IBV Satz- und Datentechnik GmbH, Berlin
Druck und Bindung: Elsnerdruck, Berlin

ISBN 3-453-07203-0

Ibi vacabimus et videbimus,
Videbimus et amabimus,
Amabimus et laudabimus.
Ecce, quod evit in fine sine fine.
(Augustinus)

Dort werden wir ruhen und schauen,
Wir werden schauen und werden lieben,
Wir werden lieben und werden loben.
Siehe, das wird das Ende sein,
Dem kein Ende mehr folgt.

Der Held der Novelle, der französische Dichter und Geschichtsschreiber Alain *Chartier*, ist nicht, wie mancher Leser glauben mag, eine von der Fantasie des Autors geschaffene Figur, sondern er lebte wirklich, und zwar in Paris zu einer Zeit, die, wie die heutige Epoche, zur Wegscheide großer staatlicher und menschlicher Umwandlungen wurde.

Als Chartier 1386 in Bayeux geboren wurde, hatte Karl IV., der Sohn Karls V., des Weisen (1364–1380), nach erbitterten Thronstreitigkeiten mit seinem Onkel gerade die Herrschaft über Frankreich angetreten. Der neue König sorgte unter den selbstherrlichen Herzögen für eine eiserne Thronordnung, die ihn zum unangefochtenen Oberhaupt des Staates werden ließ, ohne daß er allerdings den Absolutismus seines Enkels Ludwig XI. erreicht hätte.

1392, während eines Straffeldzuges gegen den Herzog der Bretagne plötzlich wahnsinnig geworden, erholte er sich erst nach Jahren wieder. 1422 starb er. Sein Sohn Karl VII. wurde in der Geschichte Frankreichs berühmt als der Herrscher, der von der Jungfrau von Orleans 1429 in Reims zum neuen König der Franzosen gekrönt wurde, nachdem der Kampf gegen die unter Heinrich VI., der sich ebenfalls König von Frankreich nannte, in das Land eingefallenen Engländer bis hinter Reims getragen worden war und ein voller Sieg bevorstand.

In diese große Zeit der französischen Geschichte fiel auch das Leben des Dichters Alain Chartier, der als Sekretär Karls VII. einen der bedeutsamsten Zeitabschnitte Frankreichs sozusagen hautnah miterlebte. In späteren Jahren, als der Zwist zwischen dem Dauphin Ludwig und Karl VII. wegen der Staatsmätresse Agnes Sorel offen zum Ausbruch kam, zog sich Chartier von seinem Sekretärposten zurück und wurde zum Dichter einer neuen literarischen Epoche – der allegorischen und didaktischen Dichtung.

Seine Werke ›Deux fortunés‹, das moralisierende, romanartige ›Livre des quatres dames‹, das ›Le lay de la belle Dame sans mercy‹ gehörten zu den beliebtesten höfischen Dichtungen.

Die dichterische Entwicklung Chartiers, dem man heute zu Unrecht Konjunkturismus vorwirft, der aber nur der Spielball seiner ungeheuer bewegten Zeit war, ist verblüffend. Von der Dichtung der Allegorie ging sein Stil in eine mit Lebensweisheit verbundene patriotische Gesinnung über, die sich in Form von Balladen und Gesängen, Epen und Prosaschriften über das erstaunt aufhorchende Paris ergoß. Sein ›Le lay de Paix‹ (1425) und seine ›Ballade de fougères‹ (1448) waren begeisterte Gesänge einer tiefen Vaterlandsliebe, die er in einer höfischen Schrift ›Le Curial‹ mit einer Schilderung des Hoflebens verband. Darin zeigte er sich als ein weiser und erfahrener Sittenlehrer. Fasziniert von der rätselhaften Persönlichkeit der Jeanne d'Arc (Jungfrau von Orleans) verfaßte er über diese in der Geschichte Frankreichs so bedeutsam gewordene Frau einen Brief, der zu den schönsten Kostbarkeiten der französischen Literatur gehört. Ein Geschichtswerk über Karl VII. vervollständigte seine Universalität, die mit einer Sammlung seiner ›Œuvres‹ sogar einen satirischen Zug erhielt.

Alain Chartier gilt auch heute noch – nachdem er weitgehend im Strudel der Zeit versunken ist – als der Begründer der französischen Beredsamkeit und der didaktischen Dichtung des 14. und 15. Jahrhunderts. An Bedeutung übertrifft er seine geistig wendigeren und weniger selbststrengen Freunde Raoul de Presle, Guillaume de Guilleville, Pierre Michault und Martin Franc.

Sein Todestag – im Jahre 1448 oder 1449; genaueres weiß man nicht – wurde der Abschluß einer strengen höfischen Sittenmoralität, die sich zwischen Krieg und Aufstand festigte und bis zu dem Absolutismus Ludwig XI. ging.

Die Werke Chartiers wurden zum erstenmal gesammelt herausgegeben von Duchesne (1671 in Paris); zu seinen Biographen wurden Delaunay (›Thése sur Chartier‹ – Paris 1876) und Joret-Desclosiere (›Alain Chartier‹ – Paris 1877) und ›Un ecrivain national au XV. siècle‹.

Das Hauptthema der vorliegenden Novelle – der Kuß der Dauphine Margarete von Schottland – ist historisch verbürgt und setzte Chartier in den Augen der Hofgesellschaft zum Vermittler zwischen Krone und Volk ein. Dagegen wurde vom Autor der Tod Chartiers – als von einem Blutsturz herrührend – dichterisch frei gestaltet, da die Ursachen des wahren Todes (wie auch das genau Datum) nicht bekannt sind und eine freie Gestaltung rechtfertigen.

Möge mit dieser Novelle die deutsche Öffentlichkeit – und auch die französische – auf einen vergessenen Dichter aufmerksam gemacht werden, der maßgeblich an der Formung unseres europäischen Kulturbildes beteiligt war, und als dessen Tragödie es sich ergab, daß er seine Fähigkeiten unter eine zu harte Selbstkritik stellte und an einem Mangel an Selbstvertrauen zugrunde ging.

In der Reihe der großen Dichter Frankreichs mag man nun auch Alain Chartier einen kleinen Platz der Würde einräumen; damit wäre der Zweck der Novelle, gemäß dem Wunsche des Autors, erfüllt.

Heinz Günther Konsalik

Paris...

Was alles verbindet sich mit dem Namen dieser Stadt, wenn er aufklingt:

Die Stadt der Liebe

Die Stadt des Lichts

Die Stadt der Mode

Die Stadt größter Ideen der Menschheit

Die Stadt Napoleons – die ihn an sich riß und ihn, als er stürzte, von sich stieß

Die Stadt Balzacs, Maupassants, Pasteurs – um nur einige aus der unübersehbaren Schar französischer Geistesheroen zu nennen

Die Stadt des Louvre, der Sorbonne

Metropole der Welt

Nun, Metropole der Welt ist heute Paris nicht mehr, aber sie galt lange genug als solche, unangefochten, bewundert, die Jahrhunderte beherrschend.

Wohin zogen die Maler und Dichter aus allen vier Himmelsrichtungen des Globus: Picasso, Hemingway – um wieder nur zwei für viele, viele andere zu nennen? Nach Paris. Wo sahen sie den Olymp, den zu erklimmen sie trachteten? In Paris.

Und immer noch hat sich davon einiges erhalten. Zwar glauben nicht mehr unbedingt die Dichter und Denker aller Nationen und die genialen Künstler den Weltruhm an der Seine finden zu müssen; die Modeschöpfer jedoch sehen ihr Mekka nach wie vor nicht in Rom oder Florenz, sondern in Paris. Und nicht nur die Meister der Schere tun dies, auch alle diejenigen, welche der Liebe der Sinne nachspüren – und nicht gerade jener des Herzens –, streben danach (oder träumen wenigstens davon), wenigstens einmal im Leben ihren Fuß nach Paris zu setzen.

Die vorliegende Novelle führt zurück ins fünfzehnte Jahrhundert – in das Paris von damals. Aus den Gärten und Parks ziehen Blütenduftwolken durch die Straßen. Hinter beschnittenen Taxushecken plätschern in Marmorbecken kleine und große Springbrunnen. Verträumte Teiche laden zu Kahnfahrten der Liebe ein, vorbei an den Nist- und Ruheplätzen schwarzer Schwäne.

Lasse die Hand ins laue Wasser gleiten, du Glücklicher, der du in deiner Fantasie in einem dieser Kähne sitzest, pflücke eine breit erblühte Seerose und lege sie deiner Geliebten, die bei dir ist, in den Schoß.

Darf es dich kümmern, daß düstere Wolken über Frankreichs flimmernden Sommerhimmel ziehen, daß der Dauphin sich an die Spitze monarchistischer Empörer gestellt hat und gegen den eigenen Vater den Degen zückt?

Darf es dich kümmern, daß die Dauphine eine Margarete von Schottland ist, eine Fremde, eine Tochter des verhaßten britischen Volkes, das – gar nicht lange ist es her – die Heilige Johanna von Orleans verbrannt hat?

Kümmert es dich, daß Ludwig, der Dauphin des Reiches, sich mit der Praguerie vereinigt, um die Mätresse seines Vaters, die listige, sündhaft schöne Agnes Sorel, zu stürzen – und daß er dann doch aus der Hand des Vaters das Kommando über die Truppen gegen die Engländer und Schweizer übernimmt?

Wappne dein Herz und folge den Spuren des Alain Chartiers...

I

In einem der Parks des sommerlich heißen Paris wandelte durch die sorgfältig gepflegten, zierlich geschnittenen Laubengänge, vorbei an den leuchtenden Blumenbeeten inmitten des saftigen, grünen, kurz geschorenen Rasens der Dichter Alain Chartier. Sein schwarzer Taillenrock, die Würde des Scholastikers zeigend, war umgürtet von einer feingliedrigen, goldenen Kette, an der ein schmaler Degen baumelte. Auf den dunklen, krausen Locken des Wandelnden saß ein schwarzes Samtbarett mit einer lustig wippenden Feder. Zierlichen, fast tänzelnden Schrittes kam der junge Mann daher. Er war mittelgroß, schmächtig. Seine brennenden, ausdrucksvollen Augen von schwarzer Färbung blickten nicht abwärts auf den geharkten Sand der Wege, sondern empor zum glühenden Himmel, als wollten sie eine Brücke schlagen zum überirdischen Azurblau der Sphäre.

Er war arm, dieser kleine Dichter Alain Chartier, und er trug nicht leicht an seiner Armut, denn gar wohl wußte er, wen er eigentlich darstellte und was ihm daher das Leben längst schuldig gewesen wäre. Der Rock des Scholastikers, den er trug, war ein Geschenk seines Freundes Marcel Trouvières, des Malers in Clamart, während der Degen nur eine Leihgabe des Abbés Jaques Vendôme, des Seelenhirten mit dem lebhaften Appetit auf junges, festes Jungfernfleisch darstellte.

Aber man kannt ihn, den Dichter der Allegorie. Wer pries nicht seine verblüffende Gelehrsamkeit und die Treffsicherheit seiner didaktischen Dichtungen, in denen sich kein Verstoß gegen die sprachlichen Regeln fand. In den Salons und Rittersälen wurden seine Balladen von Patriotismus und Heimatliebe, sein ›Le lay de Paix‹, rezitiert. In den Boudoirs der Damen waren seladongrün behoste Diener damit beschäftigt, aus seinem ›Deux fortunès‹ die pikantesten Stellen vorzulesen. An der amüsanten, fast satirischen Moral seines ›Livres des quatre dames‹ entzündete sich das zwitschernde Gelächter der schlanken, gepuderten Jeunesse.

Doch von Berühmtheit allein kann man noch nicht herunterbeißen; sie muß sich auch umsetzen in klingende Münze, und das war bei Alain Chartier nicht der Fall. In seinem Geldbeutel zeigte sich nur gähnende Leere, und ebensoviel unausgefüllter Platz bot sich dem Blick dar, der in seine Tabatière fiel. Nicht jeder Wirt wollte sich, wenn Chartier einen Schluck Pinard zu trinken begehrte, mit einer kleinen Ode an die bürgerliche Moralität begnügen, die der Dichter als Zahlung leisten konnte.

Die Banausen, die ihn abwiesen, waren in der Überzahl, sie, die nicht wußten, wie unvorstellbar arm die Welt wäre ohne die Kunst der Dichtung, die Musik der Sprache.

In solchen Augenblicken der Demütigung hatte es sich Chartier angewöhnt, zu seinem inneren Hochmut Zuflucht zu nehmen, zu seinem lautlosen Spott, den über die anderen auszugießen ihm Erleichterung verschaffte.

Was versteht ihr alle denn von Höherem, dachte er. Wer, wißt ihr, bin ich? Schrieb ich doch beispielsweise ein Buch über die Moral – ihr nahmt es als ein Lehrbuch guter Sitten –, mir war's ein Spott auf meine eigene Vernunft. Erfassen werdet ihr das nie!

Mit seinen zierlichen, fast tänzerischen Schritten ging Alain Chartier durch den blühenden Park. Dort, wo sich heute das breite Band der Allée de Longchamps durch die Wälder zum weiten Rennplatz windet, bog er zu den lockenden Seen ab. Manchmal blieb er stehen, löste den Blick vom Himmel, der absolutes Vorrecht hatte, vom Dichter betrachtet zu werden, und stocherte mit der

Scheide seines Degens im Sand oder Kies herum, wirbelte Steinchen empor und glättete den Boden wieder mit der Sohle seines Schnallenschuhs. Es war ein Spiel der Müßigkeit, ein unbeschwertes Sichtreibenlassen, zu dem das herrliche Wetter Anlaß gab. Die Sonne brannte hernieder auf das flimmernde Paris, die Sonne eines Sommers, vor dem sich nun schon Wochen hindurch jedes Wölkchen am Himmel in andere, unendlich weit entfernte Regionen des Firmaments geflüchtet zu haben schien.

Während Chartier sich selbst zusah, indem er mit gesenktem Blick das Spiel seines Degens und seiner Schuhsohle verfolgte, bewegten sich leise seine Lippen; die Lider verdeckten halb seine dunklen Augen.

»Jetzt in Bordeaux sein«, murmelte er und trat einen weißen Kieselstein in den Sand. »Am Meer liegen, der Brandung lauschen, träumen, sich den Wellen anvertrauen, unter weißen Segeln durch die Riffe schießen – o Leben, wie viele Wünsche läßt du unerfüllt!«

Plötzlich schüttelte er den Kopf, als zwinge er sich zu erwachen, nestelte ein ledergebundenes Büchlein aus dem Scholarenrock und blätterte mit spitzen Fingern in den Seiten. »Schulden«, sagte er dabei zu sich selbst, »überall nur Schulden; Namen von Freunden; Namen von Geschäften; daneben immer eine Zahl. Oh, ich muß fürchten, daß diese Zahlen wohl nie gestrichen werden können.«

Er sagte dies aber nicht ängstlich oder gar entsetzt, nicht betroffen, nicht einmal ernsthaft, sondern eher keck, als habe er Spaß daran, daß seine Schulden zu groß waren, um der kleinsten Hoffnung auf Abdeckung zu irgendeinem Zeitpunkt Raum zu geben. Seine Skepsis gegenüber dem ›Tempora mutantur‹ (Die Zeiten ändern sich) der alten Römer belastete ihn nicht. Er setzte sich auf eine Bank neben dem Wind und lauschte mit geschlossenen Augen dem Gesang der Vögel, von dem die Luft ringsherum erfüllt war.

Das Geräusch eines schlurfenden Schrittes, der sich näherte, schreckte ihn auf. Er sah einen alten Mann, in dessen faltigem Gesicht sich die scharfen Linien kreuzten und querten. Ein weiter Rock wies ihn als einen Wanderer aus der Provence aus. Vor der Bank blieb der Mann stehen, grüßte höflich und fragte, ob es gestattet sei, auch Platz zu nehmen.

»Aber ganz selbstverständlich«, antwortete der Dichter lächelnd. »Die Bank gehörte ja nicht mir allein, sondern allen, die vorbeikommen und das Bedürfnis haben, sich auszuruhen. Sie ist ein Geschenk der Stadt Paris.«

Der Greis nickte, lächelte auch und setzte sich. Er stieß zwischen seinen Knien die Spitze seines Stockes in den Kies und legte auf dem Silberknauf die gefalteten Hände übereinander.

»Ein schöner Sommer«, sagte er mit einer tiefen Stimme, die Chartier überraschte, da er vorher jeden Eid darauf geleistet hätte, nichts anderes als ein fistelndes Greisenorgan zu vernehmen.

Der Alte fuhr fort: »Ein Sommer, wie wir ihn seit Jahrzehnten nicht mehr erlebt haben. Aber auch ein gefährlicher Sommer, der manche Vernunft ausdörrt und die Hitzköpfe in Scharen auf den Plan ruft.«

»An Hitzköpfen«, erwiderte Chartier trocken, »hat's auch im Winter keinen Mangel.«

»Kennt Ihr«, fragte der Greis, dem Chartiers Antwort nicht ins Konzept zu passen schien, »die Sache mit den Königsmördern?«

Er hatte seine Stimme zu einem Flüstern herabgemindert und sich zu seinem Nachbarn hinübergebeugt, als fürchte er einen Lauscher in der Nähe.

Chartier schüttelte abweisend den Kopf und scharrte mit der Degenscheide wieder im Kies.

»Wenn Ihr es wißt, weiß es bestimmt auch die Krone«, sagte er ein wenig barsch.

»Meint Ihr? Das Volk weiß manches, was den Königen unbekannt ist. Die guten und die schlechten Dinge – nicht alle, aber viele – quellen aus der Masse.«

»So?«

Noch näher an Chartier beugte sich der Alte heran, noch leiser flüsterte er: »Man sagt, der Dauphin will den Vater ermorden, weil dieser nicht von seiner Hure Sorel lassen will.«

»Auch Agrippina mordete ihren Gatten Claudius, den Kaiser, um ihrem Sohn Nero möglichst früh die Krone desselben zu verschaffen.«

»Richtig – und was war der Dank Neros?«

»Der Dank an seine Mutter?«

»Ja.«

»Mir scheint, das muß ich Euch nicht sagen. Sie wissen es selbst so gut wie ich.«

»Er ließ sie vergiften, ja. Ich kenne die Geschichte. Soll Ähnliches in Frankreich sich zwischen Sohn und Vater wiederholen?«

Alain Cartier zuckte die Achseln.

»Könnt Ihr es ändern – kann ich es?«

»Heißt das, daß Gleichgültigkeit der dominierende Eurer Charakterzüge ist?«

Das Achselzucken des Dichters erneuerte sich.

»Ich habe es mir angewöhnt, die Welt so zu nehmen, wie sie ist, und empfehle das auch Euch. Damit erweist man sich selbst den größten Dienst. Sucht Euch in Eurem eigenen Leben nach Möglichkeit immer einen Platz, auf den, wie auf diese Bank hier, die Sonne warm und freundlich scheint. Sich hingegen über Recht und Unrecht den Kopf zu zerbrechen, verdüstert Euch Eure Tage, von denen Ihr ohnehin nicht mehr allzu viele haben werdet. Es bringt nichts ein.«

Mit teils vorwurfsvollem, teils ungläubigem Blick sah daraufhin der Alte den Dichter an.

»Ihr sprecht nicht als der, der Ihr seid«, sagte er.

»Meint Ihr?«

»Eure Worte wären die eines Mannes von allergeringstem Wert.«

»Meine Worte sind die eines Realisten.«

»Und Realisten, wollt Ihr wohl sagen, sind diejenigen, welche die Welt bauen?«

»Sind sie das nicht?«

»Glaubt Ihr das wirklich?«

»Alles deutet darauf hin.«

»Warum sagt Ihr das, obwohl es nicht Eure Meinung ist?«

»Woher wollte Ihr das wissen?«

»Ihr glaubt so wie ich an die Idealisten!«

»Woher wollt Ihr das wissen?« wiederholte Chartier seine Frage.

Der Greis blickte ihn eine Weile stumm an. Dann lächelte er und entgegnete: »Ich will Euch etwas sagen: Ich kenne ein patriotisches Gedicht, in dem sich ein Ritter jahrelang von Burg zu Burg kämpft, um seine Ehre, die er durch ein unbedachtes Wort verloren hat, wiederzufinden. Es ist ein herrliches Gedicht, ein Meisterwerk, wie es vergleichsweise nur in der Odysee des göttlichen Homer der griechischen Antike zu finden ist. Wißt Ihr, wovon ich spreche?«

»Nein«, log Chartier, der nervös auf seinem Platz hin und her zu rutschen begonnen hatte.

»Von Eurem Gedicht – Alain Chartier!«

Der Poet sprang auf, und auch der Greis erhob sich rascher, als es von ihm aufgrund seiner Jahre zu erwarten gewesen wäre.

»Wer seid Ihr?« rief Chartier, dessen Hand unwillkürlich zum Griff seines Degens gezuckt war.

Dies sehend, spottete der Alte: »Habt Ihr Angst vor mir? Ich bin unbewaffnet... wenn Ihr mir zugeben wollt, daß mir mein Stock nur zur Fortbewegung und nicht zum Kampfe dient. Außerdem bin ich über die Jahre hinaus, in denen auf diesem Gebiet von mir noch etwas zu fürchten wäre. Ihr könntet mich abstechen wie –«

»Wer seid Ihr?« rief Chartier, den Alten unterbrechend, noch einmal.

»Mein Vorschlag: Setzen wir uns erst mal wieder.«

Dies geschah, wenn auch von seiten Chartiers sehr zögernd. Dann sagte der Alte: »Ich bin ein Patriot wie Ihr auch –«

»Ich –«

Die beiden fielen einander dauernd ins Wort.

»Ihr könnt Euch nicht verleugnen«, erklärte nun der alte Mann, den Dichter mit einer erstaunlich energischen Handbewegung zum Schweigen bringend. »Eure Gedichte verraten Euch. Wir beide lieben nicht nur den König, sondern sehen auch im Dauphin, der einmal als Ludwig XI. den Thron Frankreichs besteigen wird, eine Zukunft. Steht also der Vater gegen seinen Sohn, weil der Sohn den Vater nur der Hure Sorel wegen haßt, so ist die Zukunft Frankreichs nicht die Lilie mehr, das Zeichen des angestammten Herrscherhauses, sondern die Herrschaft kommt aus den Intrigantenhöhlen Orleans.«

»Und darum soll ich mich kümmern?« antwortete Chartier immer noch abweisend.

»Ja«, nickte der Greis in tiefem Ernst. »Das wird von Euch verlangt.«

»Wer verlangt das?«

»Die Geschichte. Oder spürt Ihr das nicht?«

Chartier schwieg. Er blickte zu Boden.

»Die Geschichte«, knüpfte deshalb der Greis an seine eigenen Worte an, »tritt immer zu bestimmten Zeitpunkten an bestimmte Männer zur Erfüllung bestimmter Aufgaben heran. Ihr, Alain Chartier, sollt –«

»Ich bin Poet und kein Politiker oder Soldat!« rief Chartier, dem anderen schon wieder einmal ins Wort fallend.

Der Alte lächelte.

»Genau das ist richtig. Ihr sollt auch nicht schießen, sondern dichten.«

»Dichten?« Chartiers Miene verriet ein kaum mehr zu steigerndes Maß an Skepsis. »Was hat die Geschichte damit zu tun?«

»Sehr viel.« Der seltsame, von einem Geheimnis umwitterte Greis zeigte mit dem Kauf seines Stockes auf Chartier. »Ihr unterschätzt Eure Möglichkeiten, mein Freund, Euren Einfluß.«

»Welchen Einfluß?«

»Vor allem den auf Margarete von Schottland, die Dauphine. Das kann Euch doch nicht völlig unbekannt sein?«

»Davon höre ich zum erstenmal.«

»Dann vernehmet, daß sie alle Eure Gedichte kennt und liebt, Eure Verse, Eure epischen Werke, Eure Liebeslieder. In ihrem Kabinett läßt sie sich oft von einer des Lesens kundigen Zofe Eure Gesänge vortragen. In der Begeisterung der Dauphine, in ihrer Hingabe an Euer Werk, Alain Chartier, steckt die Aufgabe für Euch, von der ich sprach.«

Der Poet schüttelte den Kopf.

»Ich verstehe nicht«, sagte er ehrlich.

Und wieder sah er sich vom Stockknauf angezielt,

wobei er gefragt wurde: »Habt Ihr noch nie gehört, welche Macht das Wort eines Weibes, das von seinem Gemahl geliebt wird, auf diesen hat?«

»Doch.«

»Und habt Ihr noch nie gehört, daß die Dauphine ein solches Weib ist, das von seinem Mann, dem Dauphin, über alles geschätzt wird.«

»Gewiß, aber –«

»Was aber?«

»Ich verstehe immer noch nicht...«

»Das ist doch ganz einfach: Schreibt eine Ode auf den inneren Frieden Frankreichs, schreibt einen Brief an die Dauphine, sprecht als Dichter mit ihr, kleidet die Hoffnungen des Volkes in Verse – das Volk will diesen Kampf wegen einer Nutte nicht. Die Dauphine wird Eure Botschaft verstehen, ihr Herz wird sich daran, wie immer, entzünden, und sie wird sich für sie beim Dauphin verwenden. Begreift Ihr nun?«

Die Antwort darauf war nicht schwer.

»Ja«, nickte Chartier.

Doch dann fuhr er fort: »Aber begreift *Ihr*, was das für mich bedeuten, wohin es mich führen kann?«

»Auf höchste Höhen.«

»Nein, in einen Abgrund. Ein solches Leben, von dem Ihr sprecht, kann für meine Begriffe die Hölle sein. Ein solches Leben ist gewissermaßen auf der Spitze eines Degens angesiedelt. Jeder Bissen, den man verzehrt, ist vorher zu prüfen, ob nicht Gift daruntergemischt wurde. Jeder Mann in der nächsten Umgebung kann ein Brutus sein.«

»Ihr seid ja kein Herrscher.«

»Aber wie nahe bin ich ihm! Der Anschlag, der ihn trifft, kann auch mich verderben. Doch abgesehen davon – er selbst ist eine ständige Gefahr für mich. Seine Gunst wechselt, und schon trifft mich sein ungnädiger Fuß, der mich von den Stufen seines Thrones stößt. Nein, nein, ich lecke nicht den Speichel eines Mächtigen, ich küsse nicht seine Schuhe!«

Chartier holte tief Atem.

»Ich«, schloß er, »ich dichte!«

Und als ihm eine Antwort versagt blieb, da ihn der alte Mann nur stumm ansah, setzte er hinzu: »Inmitten des Volkes, unter dem ich bleibe, dichte ich!«

Doch seherischen Blickes sagte nun der rätselhafte alte Mann: »Ihr werdet erfahren, was Ihr tun werdet.«

Dann erhob er sich auch schon und schritt nach einem leichten Kopfnicken davon. Rasch war er hinter der grünen Mauer eine Taxushecke, um die der Weg herumlief, verschwunden.

Ein leichter Wind kräuselte die Wellen des runden Sees und erweckte die wispernden Zweige der Büsche und Bäume zum Leben. Eine Familie weißer Schwäne zog, abgesondert von den schwarzen, durch das blinkende Wasser, und drüben, am jenseitigen Ufer, küßte sich ein Liebespaar zwischen blühenden Sträuchern. Eine kleine Ameisenkolonne bewegte sich als schwärzlich-rotes Band über den hellen Sand des Weges und umging klug die Fußspuren der Menschen, die für sie wie breite, steilwandige Schluchten in einer weiten Ebene waren. Von fern, vielleicht von den Ufern der Seine Fleuve herüber ertönte der Glockenschlag einer Kirche durch die hitzeflimmernde Luft.

Alain Chartier, den der alte Mann verlassen hatte, war sich unschlüssig, was er nun machen sollte. Auf der Bank hielt es ihn nicht mehr. Nachdem er sich erhoben hatte, lief er einige Schritte nach links, blieb wieder stehen. Er schüttelte den Kopf, durch den ihm eine Rechnung ging. Nicht seine Schulden beschäftigten ihn, sondern die Wochen und Monate, die er wohl noch zu leben hatte.

Alain Chartier war ein kranker Mann, ein sehr kranker Mann. Der Tod steckte in seinem vom Hunger zermürbten Körper. Der genaue Standort war die Lunge. Die Kraft Chartiers reichte nicht mehr aus, seinem Leiden, das der Medicus ›Schwund‹ nannte, den nötigen Widerstand entgegenzusetzen. Der hohle Husten, der besonders die Nächte des Poeten zerhackte, die blutbespuckten Taschentücher ließen keinen Zweifel am absehbaren Ausgang des Ringens zwischen Leben und Tod.

Zwei, höchstens drei Jahre gab sich der in dieser Hinsicht illusionslose Dichter selbst noch.

Gedankenvoll setzte er sich nun doch noch einmal auf die Bank. Die letzten Worte des geheimnisvollen Greises fingen an, in ihm zu arbeiten:

»Ihr werdet erfahren, was Ihr tun werdet.«

Natürlich meinte der, dachte Chartier, daß ich seiner Empfehlung Folge leisten werde – aber ich denke nicht daran!

Würde sich denn ein solcher ›Aufstieg‹ für kurze zwei oder drei Jahre überhaupt lohnen?

Keinesfalls!

Zwei, drei Jahre noch, dann wird man eines Morgens einen Sarg zur Grube tragen, einen mittelgroßen, gar nicht schweren Sarg, und René, der Studienkamerad in Paris, wird eine kleine Rede halten, bevor er als erster die Blumen auf den Deckel fallen lassen wird. Dann ist Schluß mit Alain Chartier, dann hat ihn die Welt begraben, endgültig, ewiglich begraben – ihn und sein Werk. Nur hie und da wird man bei unerwarteten Gelegenheiten noch einmal auf seinen Namen stoßen, ein Dichter unter Dichtern, ein vergessener, dem niemand ernsthaft nachtrauert, ein Schreiberling, Poet, eine Pariser Treibhauspflanze, einer jener Namenlosen in der Masse im Bannkreis des Montmartre und des Quartier Latin.

Alain Chartier...

Alain Chartier, habt ihr gesagt? Wer Alain Chartier war, wollt ihr wissen?

Ach, fragt doch nicht, Freunde. Wer soll denn davon noch eine Ahnung haben? Höchstens die Enzyklopädisten. Normale Gebildete können euch aus dem Handgelenk nur Größere aufzählen, die an Frankreich formten.

Aufstöhnend sank Chartier an die Lehne der Bank zurück und bedeckte mit beiden Händen die Augen, in die ihm Tränen stiegen. Den schmächtigen Körper schüttelte ein Schluchzen, aber es war mehr der gekränkte Stolz, der in ihm weinte, als das Bewußtsein seiner künstlerischen Ohnmacht.

Zwei kurze Jahre noch, Alain Chartier, sagte er sich. Höchstens drei.

Andererseits, wie lang konnten zwei Jahre sein? Fragt einen, der im Kerker sitzt. Oder eine, die ihren fernen Geliebten herbeisehnt.

Zwei Jahre können eine Ewigkeit sein!

Ist Caesar nicht in einem Jahr zum Herrn der Welt geworden? War nicht ein Tag, ja, eine Nacht nur für Cleopatra entscheidend? Schlug Alexander nicht in sieben Stunden seine Schlacht bei Issos? Durchhaute er nicht in einem Augenblick den gordischen Knoten?

Du hast noch zwei Jahre, Chartier – 730 Tage; 17520 Stunden; 10512000 Sekunden.

Wahrlich eine Ewigkeit.

Langsam ließ sich der kranke Dichter noch weiter auf die Bank zurückgleiten, bis er liegend zum Himmel zwischen den Zweigen hinaufblicken konnte. Er verschlang die Hände unter seinem Nacken, schloß dann die Augen, und der Sturm in seinem Inneren legte sich.

Die Stille des Parks besänftigte sein Herz, der Duft der Blumen trug auch dazu bei. Das Rascheln der Blätter, das der leise Wind verursachte, ließ ein dankbares Lächeln in seinem Gesicht aufblühen über die einzige wahre Geliebte aller: die sich an jeden verströmende Natur.

Zwei Jahre, in denen sich Frankreich durch seine Kunst würde wandeln können. Zwei Jahre, in denen der Dauphin Frankreich würde mehr lieben lernen können als die verblendeten Begriffe von Absolutismus und herrscherlicher Willkür. Zwei Jahre, in denen Alain Chartier unsichtbar – nur lebend durch seinen Geist – die Geschicke Frankreichs würde mit lenken können. Zwei Jahre, die alle Wonnen des Lebens würden trächtig werden lassen können wie überreife Früchte, die auf der schmeckenden Zunge zergingen. Oder gar drei Jahre!

Alain Chartier schreckte auf.

Was sind das für Gedanken, fuhr es ihm durch den Kopf. Ich wollte doch von alldem gar nichts wissen, habe es weit von mir gewiesen. Bin ich verrückt?

Aber das Schicksal hatte schon begonnen, wirksam zu werden.

Und immer schwerer senkte sich der Duft der Blumen auf des Dichters Sinne und fing an, diese in seine Gewalt zu bekommen, sie zu betäuben. Die Stille des Parks tat ihr übriges. Das Rascheln der Blätter wurde zum einschläfernden Säuseln. Die Sonnenstrahlen ersetzten mit ihrer Wärme eine Decke. Dies alles zusammen erzielte ein unvermeidliches Resultat:

Auf einer Bank im Park schlief Alain Chartier...

Da lag er nun auf hartem Holz, die Knie angezogen, die Wange seitlich in die rechte Hand genistet, eingehüllt ins zärtliche Schattennetz der Bäume.

Alain Chartier träumte.

Das tat er oft. – Man könnte sogar sagen, daß Alain

Chartier die Zeit der letzten Jahre eher im Traum als im Wachzustand durchlebt hatte. Auf seiner Bank im Park hielt er die Lippen halb geöffnet wie ein schlafendes Kind. Und wie Kinder träumte Alain auf besondere Weise. Stets mischten sich in Träumen Wirklichkeit und Fantasie, Kinder aber denken träumend über Träume nach, so stark wird in ihnen die Wirklichkeit. Für Alain Chartier meldete sie sich in immer gleichen, unerlösten Bildern.

Reiter sah er.

Viele, viele Reiter in flimmernder Rüstung.

Dahinter Soldaten. Und wieder Reiter. Den Männern voran flatterte eine weiße Standarte. In sie war das Bild des Erlösers gestickt. Und um das weiße Tuch kreisten Wolken weißer Falter.

Das ist doch unmöglich, dachte der schlafende Alain Chartier. Schmetterlinge? Und auch noch ganze Wolken davon? Wer hat das in dieser Gegend und um diese Zeit, im frühen Mai, je gesehen?

Und außerdem: Der Himmel war nicht blau gewesen, nein, überhaupt nicht – auch daran erinnerte sich der träumende Chartier ganz genau. Grau war er, grau wie Hafergrütze. Und ihre Standarte flatterte in einem kalten Nordwind.

Sie saß im Sattel, als sie von Chinon wegritt, ließ den schwarzen Rappen auf dem Schloßhof tänzeln, saß im Sattel wie ein Mann, wie ein Mann auch angetan mit Harnisch und eisernen Arm- und Beinschienen, hielt ihre Standarte in der kleinen, gepanzerten Faust und lachte zu ihm herab.

»Lebt wohl, Alain! – Und haltet die Tinte feucht.«

»Gott sei mit dir, Jeanne!«

Bewunderung zerriß sein Herz. Oh, was hatte er sie verehrt in dieser Sekunde.

»Das ist er. Da macht Euch keine Sorgen.«

Und sie lachte wieder und zog mit dem Heer in den grauen, regenverhangenen Morgen, um die Engländer davonzujagen, die Orleans belagerten. Alain aber betete. Nie im Leben hatte er mit so viel Inbrunst gebetet wie an diesem Tag.

Viele hatten noch Jahre später die Geschichte mit den Faltern bezeugt. Die Wolken seien aufgerissen, so sagten sie, und von allen Seiten, aus allen Richtungen eines strahlendblauen Sonntagshimmel seien die Schmetterlinge herbeigeströmt zu ihrem Tanz um Jeanne d'Arcs Standarte.

Eine weiße Erlöser-Standarte im blauen Himmel. Und tanzende Falter... Und dann der schwarze, schreckliche Rauchwurm, der den Himmel schändete, nicht mehr blau war der Himmel, sondern schwarz und an seinen Rändern vom Brand zerfressen. So oft gesehen dieses Bild! Wieder und wieder hat es Alain Chartiers Schlaf begleitet.

Gott hatte Jeanne verlassen. Irgendwo zwischen Reims und Rouen, wo die Feinden sie gefangen nahmen, war er ihr abhanden gekommen.

»Leb wohl, Alain. Halt die Tinte feucht...«

Es gibt Vergangenheiten, die nicht vergehen, Bilder, die nie verwehen: ...an einen Pfahl aus glühendem Eisen gekettet. Vom Feuerbrand umtobt... und ein fetter, schwarzer, geiler Rauchwurm im blauen Himmel...

Am Tag, als Jeanne, ›la Pucelle‹, das kleine Bauernmädchen aus Domremy, das, der Stimme Gottes folgend, ausgezogen war, ihre Heimat zu befreien und einen König zu krönen, in Rouen verbrannt wurde, an diesem Tag war Alain Chartier für niemanden zu sprechen. Er hatte versucht zu beten, das ja. Doch wie? Zu einem Gott, der Jeanne, die Jungfrau, ebenso verraten hatte wie der Mann, dem sie ein Land und eine Krone erobern wollte – ja wie denn?

Alain Chartier hatte sich in das Turmzimmer zurückgezogen, das er im Königsschloß von Chinon bewohnte. Er war für niemanden zu sprechen. Weder für die Schreiber, die ihm, dem königlichen Sekretär, unterstanden, noch für seinen väterlichen Freund, den Erzbischof von Reims.

Er hatte ein Gedicht im Sinn ... All seine Qual und seinen Zorn sollte es in Worte fassen. Doch kein Gedanke, nicht ein Wort wollte ihn erreichen. Er zog eine Kerze heran, entzündete sie, hielt die Hand dicht, ganz dicht an die Flamme, begann ein Ave Maria zu sprechen, schloß die Augen – um dann mit einem Schmerzensschrei hochzufahren.

Noch nicht beim ersten ›gebenedeit‹ war er angekommen – und hatte schon aufgeschrien.

Bilder, die nie verwehen.

Alain Chartier stöhnte.

Vergangenheiten, die nie vergehen. Dies war lange, war viele, viele Jahre her.

Nun lag er auf seiner Bank im Park de Boulogne. Doch die Hand brannte. Er warf sich herum, streckte sich aus, legte sie auf seine Brust.

»Ihr seid ein Patriot wie ich, Chartier«, hörte der träumende Alain die Stimme des Alten aus dem Park. Und was war da noch? »Beide lieben wir nicht nur den König, beide sehen wir im Dauphin die Zukunft.« Die Stimme aus dem Park – eine Gespensterstimme!

Lieben? Herren zu lieben? Nichts als eine Gratwanderung zwischen Hölle und Abgrund. Hundert Jahre Krieg erlitt Frankreich, hundert Jahre Raub, Tollheit, Todschlag, Aufstand, Fürstenwahn und Bruderzwist. Und die Seuchen und den Tod dazu. Was wußte das Gespenst?

Alain Chartiers Lider zuckten. Und der Mund lächelte nun nicht länger. Er zitterte und wurde hart...

Bilder, die nie verwehen, Worte, die nicht vergehen.

»Chartier!«

»Sire?«

»Was starrt ihr mich so an? Was hätte ich tun können für sie? Was denn, Chartier? Es war Gottes Wille. Wir hätten Chinon nie verlassen dürfen. Wir alle nicht... Jeanne d'Arc war keine Hexe, Alain. O nein. Aber verrückt war sie, wahnsinnig.«

So sprach er, Karl VI., König von Frankreich, so sprach er von dem Mädchen, dem er die Krone verdankte, so sprach er von einer Heiligen, die die Engländer auf Frankreichs Boden verbrannten, ohne daß er auch nur einen Finger gerührt hatte.

Und er, Alain Chartier? Was hatte er getan? Er hatte geschwiegen, den Rücken vor dieser Kleiderpuppe von König gebeugt und zugesehen, wie er in seine Kapelle schlurfte, um wieder einmal die spitze Nase vor dem Erlöser, nein, vor Gott dem Herrn und ›seinem Willen‹ zu senken...

Ein Gedicht hatte Alain damals in derselben Nacht geschrieben.

Ihr Herren, Knechte, Pfaffen, Volk, die ihr in Blindheit Gott anruft, um Eure Rechte einzuklagen. Nun laßt Euch sagen, daß Gottes Wille in mächtiger Stille fortschwemmt, was sich ihm entgegenstemmt. – Stark, stumm und ohne je zu fragen.

Damals, in diesem dunklen Jahr der Kämpfe, der Hoffnung, des Verrats und des Grauens, damals, in den Tagen, als sich Karl in seiner Kapelle verkroch, war der portugiesische Gesandte mit einer ganzen Delegation ins Schloß gekommen. Unter den Geschenken, die er mitgebracht hatte, befand sich ein sonderbarer Gegenstand. Ein getrocknetes Tier.

Ein Fabelwesen. Aus Afrika, hatte ihm der Marques erklärt. Gut, aus Afrika – und dennoch unglaublich und ein Gleichnis zugleich: Ein Fisch mit Flügeln, ein Fisch, der fliegen kann! Dem Strom sich entgegenstemmen. – Wozu? Über ihn hinwegfliegen wie dieser Fisch, das war es doch.

Sieben Jahre und fünfundvierzig Tage hatte er als Sekretär am Hof gelebt, die Intrigen ertragen, die Dummheit und die Ignoranz. Es waren sieben Jahre und fünfundvierzig Tage zuviel...

Der eiserne Pfahl, an dem sie die kleine Kuhhirtin aus Domremy mit eisernen Ketten festgebunden hatten, stand noch immer in Rouen. Für die Engländer, für Frankreich, für die ganze Welt ein Mahnmal. Jeanne d'Arc, ›la Pucelle‹ – die Hexe?

Die Flammen hatten ihren Körper aufgelöst, was konnten sie ihrer Seele anhaben? Und der Wahrheit? Nichts. Die weiße Standarte flatterte noch immer. Und die weißen Schmetterlinge, sie flogen im blauen Himmel.

Alain Chartiers Gesicht entspannte sich. Und die Sonne streichelte sein Gesicht. Er lächelte.

Woher nahm sie den Zauber, der von ihr ausging? War sie schön? Am Hof war man darüber geteilter Meinung. Sie war so jung. Wie die Oberfläche eines Sees jeden Windhauch beantwortet, so war an ihren Zügen immer abzulesen, was sie bewegte. O ja, ihr Gesicht war nichts als der Spiegel ihrer Gefühle.

»Ach, Margaret, ach, Margaret«, seufzte der Hofnarr, wich geschickt dem Schlag ihres Fächers aus und verdrehte die Augen, »wer nur hat dich uns beschert?«

Und die Dauphine lachte, wie nur Mädchen lachen können.

Las sie die Bücher ihres geliebten Poeten, konnten die Augen in dem klaren Oval ihres Gesichtes rauchblau wirken wie die Torffeuer ihrer schottischen Heimat. Und wenn sie sich in Trauer und Melancholie in ihre Gemächer einschloß, waren sie von unergründlichem Schmerz, so wie die Seen zwischen den kargen Bergen Schottlands.

»Ach, Margaret, wer nur hat dich uns beschert?«

Wer nur? Und was? – Wenn Margaret an ihre Jugend dachte, sah sie Schloßmauern, so feucht, so kalt, so düster, daß sie Verließen glichen. Und darin vernahm sie die dröhnenden Stimmen wilder Männer, die unendliche Mengen Bier vertilgten und dabei kein anderes Thema hatten als die Jagd oder den Krieg. Scharf und unbezwingbar wie ihre Schwerter war ihr Freiheitsdurst und der Löwenmut ihrer Herzen. Und schrecklich langweilig waren sie auch.

Das fand schon die zehnjährige Margaret heraus: Nichts Langweiligeres gab's auf dieser Welt als tapfere Männer.

Doch schließlich: Hatten die Stewarts nicht seit Anbeginn ihrer Herrschaft ihren Thron gegen die Engländer zu verteidigen? Und weil das nun mal so war, verbündeten sie sich stets mit Frankreich, dem zweiten großen Gegner Englands, denn überdies: Gut katholisch wie sie selbst waren auch die Franzosen. Die Vermählung einer Prinzessin aus dem Hause Stewart mit dem französischen Thronfolger war somit nicht nur politische Notwendigkeit, sondern geradezu ein Triumph der Diplomatie.

So tauschte die kleine elfjährige Margaret die feuchten Mauern der schottischen Kastells mit denen des Louvre in Paris. Nun, der Louvre war damals auch nicht gerade ein Vergnügen, mehr Festung als Schloß und somit durchaus mit Perth vergleichbar. Aber diese Stadt. Das göttliche, das einzigartige Paris! Zitternd vor Leben, mit seinen herrlichen Palästen, Adelshäusern, seinen Kirchen und Marktplätzen.

Der Bräutigam, der Margaret hier erwartete, Ludwig, Dauphin von Frankreich, war ein untersetzter, kräftiger Junge mit leuchtend blauen Augen und einer großen und dicken Nase.

Die arme, kleine Margaret! Halb tot war sie in Paris angelangt. Halb tot von den Strapazen der Reise und Überfahrt, halb tot vor Furcht auch vor dem, was sie erwartet. Und dazu noch die dauernden Sprüche und Ermahnungen ihrer Hofdame und dieses grauenhafte, ewige Gebetsgemurmel der Äbtissin von Alford, die gleichfalls zu ihrer Begleitung gehörte. Das ›Ave Maria‹, mindestens zehntausendmal hatte sie es auf dem Schiff aufgesagt.

Und nun der Junge mit der Nase. Komisch, gerade die gefiel ihr sofort. Sie wirkte so zuverlässig und gleichzeitig unendlich rührend, menschlich. Ludwig war nicht viel älter als sie und erschien ihr vielleicht auch deshalb so vertraut wie einer ihrer vielen Stewart-Cousins. Und so einfach wie die Mitglieder des schottischen Hochland-Clans kleidete auch er sich. Lederwams, Stiefel, Lederhosen – unter seinen herausgeputzten Pariser Höflingen mit ihren weißen, gestärkten, plissierten Kragen wirkte dieser Thronfolger bescheiden wie der letzte seiner Diener.

Aber er konnte lachen.

Und war unendlich zartfühlend.

Schon als sich die große Nase über ihre Hand beugte, spürte sie es: Vor ihm brauchst du keine Angst zu haben...

Was ihr aber neu war und geradezu aufregend: Ludwig fand so viel Gefallen an ihren Einfällen, Streichen und Gedanken. Stundenlang konnte er mit ihr reden und sie anstrahlen. Und so redeten sie, bis die Worte die letzten Barrieren zwischen ihnen eingerissen hatten.

»Du bist bezaubernd«, sagte er dann. »Du weißt gar nicht, wie bezaubernd du bist. Und ich danke dem Himmel, daß er mir dich geschickt hat. Und Paris, gefällt es dir?«

»Wie soll es mir gefallen?«

»Wie?«

»Ich sage, wie kann es mir gefallen? Ich kenne es doch gar nicht.«

»Oh, das wird sich schon noch ändern.«

Aber es änderte sich nicht.

Die Mauern des Louvre blieben so dick wie zuvor. Wenn sie nur aus diesem Gefängnis entrinnen könnte... Die Jahre vergingen, und er merkte es nicht. Er war an dieses Leben gewöhnt. All die prächtigen Bilder, die da hingen, die schweren, königlichen Möbel, die Gobelins und Wandbehänge – das Gefühl, ersticken zu müssen, unter so vielen Steinen begraben zu sein, das blieb.

»Ludwig, warum ziehen wir denn nicht nach Les Tournells?«

»Nach Les Tournells? Wieso denn nach Les Tournells?«

»Wieso denn nicht?«

»Was sollen wir denn in Les Tournells?«

»Was wir dort sollen? Leben. Atmen. Unter Bäumen spazieren gehen... Ich könnte mir ein Reh ziehen. Das tat auch meine Schwester. Oder Hunde halten. Und Fasanen. Es blüht dort, in Les Tournells. Aber hier – ach, dieser Louvre...«

»Dieser Louvre ist nun mal das Schloß der Könige von Frankreich.«

»Aber du bist der Dauphin.«

Sein rechter Mundwinkel zuckte, die Nase wurde rot. Aber du bist der Dauphin und nicht König, hieß das... Sie hätte es nicht sagen dürfen. Sie wußte, sie hatte ihn an seinem wundesten Punkt getroffen. Sein Vater Karl war der König. Aber was für ein König? Verbarg sich auf irgendeinem seiner Schlösser, verkroch sich in seiner Kapelle, um über Schuld und Nichtschuld nachzudenken, magerte ab wie ein Hühnchen und lebte mit einer Mätresse zusammen, der er blind jeden Wunsch erfüllte. Agnes Sorel, so hieß der wahre Herrscher Frankreichs. ›Kronprinz Nase‹ sah in ihr seinen größten Feind, und schon deshalb richteten sich die Hoffnungen Frankreichs auf ihn. Die Großen im Lande nannten ihn ›Sire‹, als sei er bereits König. Und nun kam sie mit dem Verlangen, er solle aus dem Schloß der Könige ausziehen.

»Warum nicht? Ja, wieso denn nicht? Du hast recht. Licht, Luft und grüne Bäume! Und Sonne... Und billiger ist Les Tournells allemal. Dann brauche ich nämlich nicht diesen ganzen Stall von aristokratischen Halbaffen zu bezahlen, die mir hier im Louvre die Laune vermiesen.«

Sie hatte ihn geküßt. Les Tournells – eine Ansammlung von hübschen, kleineren und größeren Häusern nahe des Flusses wurde gelüftet und frisch gestrichen. Möbel wurden herbeigeschafft, und sie zogen ein.

Nun hatte sie Springbrunnen, einen Goldfischteich, hatte Pfauen und ein Reh, die Sonne wärmte sie, wenn sie im Garten spazieren ging und eines der Gedichte las, die sie so liebte –, aber Mauern, die gab es auch hier.

Margaret begann zu träumen. Doch nur Geist und Fantasie vermögen Mauern zu überfliegen, der Körper kann es nicht...

Margarete von Schottland, die Dauphine, hatte es sich in den Kopf gesetzt, diesen sonnigen Mittag zu einem Spaziergang im Bois de Boulogne auszunützen. Als sie dies verlauten ließ, kam die Wirkung davon einer Bombe gleich, die im Schloß einschlug. Das hatte es noch nie gegeben. Der ganze Hofstaat geriet in hellste Aufregung. War die Dauphine wahnsinnig geworden? *Was* hatte sie da gesagt? Sie wollte in den Bois de Boulogne? Zu *Fuß*? Nicht in einer Equipage? Ohne Zweifel, ihr Verstand mußte plötzlich in Verwirrung geraten sein.

Die Haushofmeisterin erstarrte, als ihr die Kammerzofe der Dauphine die ungeheuerliche Nachricht überbrachte.

Zwei der ältesten Hofdamen fielen in Ohnmacht, nachdem sie, obwohl in ganz verschiedenen, weit voneinander abliegenden Zimmern weilend, in völlig gleichen Worten ihr Entsetzen zum Ausdruck gebracht hatten – nämlich so: »Das kann nur die niederen Ständen aufwiegeln!«

Ein ausgedienter Hofmarschall erklärte zornbebend seiner Frau, daß auf solche Ideen nur ein Weib kommen könne.

Die Marquise de Routivières fühlte sich ihrem Ende nahe. Sie war die Leiterin der Zeremonien und wußte, daß es vor allem ihre Aufgabe war, einen solchen öffentlichen Skandal zu verhindern. Aber wie?

Mit der Dauphine war nicht gut Kirschen essen, wenn man sich ihr entgegenstellte. In ihrer Not alarmierte die Marquise de Routivières ihren Beichtvater und drohte ihm ihren Kirchenaustritt an, wenn er sich weigere, seinen ganzen sofortigen Einfluß geltend zu machen.

Der Seelenhirte war verwirrt.

»Welchen Einfluß?« fragte er die Marquise.

»Den auf die Dauphine.«

»Auf die Dauphine?«

»Ja, verdammt noch mal!« fluchte die Gräfin. Das zeigte, in welchem Zustand innerer und äußerer Zerrüttung sie sich befand. Geflucht wurde nämlich von ihr nur noch im Ehebett, wenn sich herausstellte, daß ihr Gatte seine Kräfte wieder einmal bei einer seiner beiden Mätressen gelassen hatte.

»Meinen Einfluß auf die Dauphine?« fragte also der Priester noch einmal und setzte gleich selbst hinzu: »Einen solchen gibt es nicht.«

»Warum nicht?« fauchte die Marquise.

»Ich will mal so sagen: Die Entfernung zwischen Glasgow und Edinburgh und Rom ist größer als die zwischen Paris und Rom. Verstehen Sie, was ich meine?«

Die edle Marquise sah ihre Hoffnung zerschlagen.

»Verschwindet, Pfaffe, unnützer!« fiel sie gänzlich aus ihrer Rolle.

Irgendein Hofschranze nahm zum Dauphin selbst seine Zuflucht. Er berichtete ihm, was sich in den Gemächern der hochedlen Gemahlin zusammenbraute. Der Dauphin jedoch schien plötzlich auch dem Wahnsinn verfallen zu sein. Er schmunzelte, schnippte mit den Fingern – allein schon diese Geste des gemeinen Volkes! –, und dann brachte er ungeheuerliche Worte zu Gehör.

»Die Dauphine«, sagte er, »ist eine Revolutionärin, parbleu! Ich liebe solche Aventuren. Es wird noch manches fallen, manches neu erstehen in Frankreich.«

Der Hofschranze hatte das Gefühl, es öffne sich die Erde unter ihm.

»Ich... ich...«, stammelte er.

Ich höre wohl nicht recht, wollte er sagen.

»Ich... werde also der hochedlen Dame berichten«, sagte er wirklich, »daß gegen ihre Exkursion nichts einzuwenden ist.«

»Sie soll nur zusehen«, meinte der Dauphin vergnügt, »daß sie vor Einbruch der Dunkelheit ins Schloß zurückkehrt. Erstens treibt sich nachts allerhand Gesindel draußen herum, und zweitens würde ich heute abend noch gerne eine Patience mit ihr legen.«

Eine Patience mit ihr legen, aha, so nennt er das also, dachte der Höfling despektierlich und entwich unter einer Kette unaufhörlicher Bücklinge rückwärts durch die Tür.

Die Dauphine hatte also wieder einmal ihren Willen durchgesetzt und erregte schon wenig später mitsamt ihrem Gefolge Aufsehen in den Straßen von Paris. Von den Händlern an den Ecken wurde billiges Obst erworben, auch kleine Leckereien, und bald trieb es die Dauphine auf die Spitze, indem sie zum Entsetzen des ganzen Hochadels um sie herum in einen ungeschälten Apfel biß und an einem offenen Stand, dessen Besitzer Wein anbot, billigen Pinard probierte, der es sogar schwer gehabt hätte, die Begeisterung der Hafenarbeiter zu erregen.

Der sensationellen Prozession voran trippelten zwei kleine Negersklaven, die eines der galanten Geschenke des Herzogs von Orléans waren. Die armen Mohren wußten, daß sie, koste es was es wolle, drollig zu sein hatten, und hüpften deshalb unnatürlich herum, stolperten absichtlich, schlugen Purzelbäume und verabreichten sich, wenn alle Stricke rissen, wenn also partout niemand lachen wollte, mehr oder minder ernstgemeinte Ohrfeigen; spätestens dann pflegte sich in der Regel der erwünschte Erfolg einzustellen.

Zur Ehre der Dauphine muß freilich gesagt werden, daß sie ihre gute Laune aus der Natur um sie herum bezog. Alles Grün, alle Blumen schienen ihr zuzulächeln.

»Ist das nicht herrlich, liebste Polignac?« fragte sie

ihre Freundin, die Comtesse de Polignac, und diese nickte mit ihrem schmalen, puppenhaften Köpfchen.

Als der Bois de Boulogne erreicht wurde, sagte die Dauphine: »Was mich wundert, ist, daß die Wege so leer sind. Wo sind die Pariser? Die Pariserinnen? Ich hätte gerne mit einigen von ihnen gesprochen.«

Ein Verdacht stieg hoch in ihr.

»Habt Ihr das Gelände hier absperren lassen? – Präfekt!«

Der kleine, dicke Polizeipräfekt trat beflissen aus dem verstörten Kreis und legte voller Unterwürfigkeit beide Hände auf die Brust, was lächerlich und dumm zugleich aussah.

»Königliche Hoheit?«

»Ob Ihr das Gelände hier absperren ließet, will ich wissen.«

Er wand sich.

»Die Verantwortung für Eure Sicherheit...«

Er brach ab und begann noch einmal: »Die Verantwortung für Eure Sicherheit gebot mir dies.«

Mit verärgerter Miene sah sie ihn an. »Ihr glaubt also«, sagte sie, »daß es richtig ist, unsichtbare Mauern zwischen mir und meinem Volk zu errichten?«

»Mauern, die überall auf Gottes weiter Erde zwischen den Herrschern und ihren Untertanen errichtet werden, Königliche Hoheit.«

Eine Weile schwieg die Dauphine. Dann aber sprach sie fast prophetische Worte: »Möge es nie dazu kommen, daß diese Mauern einmal irgendwo vom Volk mit Gewalt niedergerissen werden. Gerade die Pariser scheinen mir dazu in der Lage zu sein. Dann aber gnade Gott den Herrschenden!«

Der Präfekt schwieg. Vielleicht hatten ihm diese Worte geradezu den Atem geraubt.

»An einem der nächsten Tage«, fuhr die Dauphine nach kurzer Überlegung fort, »wiederhole ich den heutigen Ausflug – aber *ohne* Absperrung, Präfekt, das sage ich Euch jetzt mit Nachdruck! Zwingt mich nicht, Euch dem Dauphin zur Bestrafung zu melden!«

Der dicke, kleine Präfekt war rasch in Schweiß geraten. Mit rotem Kopf trat er ins Gefolge zurück.

»Was sagt Ihr jetzt?« flüsterte ihm der Comte de Buron, ein Vertrauter, zu.

»Diese Hexe!« stöhnte der Präfekt leise. »Diese verfluchte fremde Hexe!«

»Diese Hexe«, flüsterte Buron zurück, »hat das Ohr des Dauphin; in ihrer Hand ist der Dauphin Wachs.«

»Der Teufel soll ihn holen, den Schwächling! Mit den beiden geht es so nicht mehr weiter! Ihr habt sie soeben doch wieder gehört! Die Fundamente des Staates wanken! Die Vorrechte des Adels geraten in Gefahr!«

Der Präfekt betupfte sich mit einem Seidentüchlein die schweißnasse Stirn.

»Im Moment«, antwortete de Buron sarkastisch, »sehe ich nur Euren Posten in Gefahr – den allerdings in größter!«

»Wann«, stieß daraufhin der kleine, fette Allgewaltige von Paris hervor, »seid Ihr endlich mit dem langersehnten, dringend nötigen Aufstand bei der Hand? Täuscht Euch nicht, uns *allen* schwimmen sonst die Felle davon!«

Buron beugte sich zum Ohr des Präfekten.

»Man hat noch keine Nachricht aus Lyon geschickt. Auch aus Reims bleibt es still. Und Orléans will Sicherheiten.«

»Was für Sicherheiten?«

»Die sind alle unzufrieden mit Paris, das heißt also mit Euch. Ihr habt die Königsgarde noch nicht für unsere Pläne gewinnen können.«

»Dazu brauche ich Geld.«

»Ohne Garde wäre der Aufstand jedenfalls unser rascher Untergang. Der erste, der nämlich beim kleinsten Mißerfolg abspringen und sich mit allen seinen Truppen gegen uns wenden würde, wäre Graf von Orléans. Ihr kennt den Fuchs, Hintertürchen hält der sich immer offen.«

»Die ganze räudige Königsgarde hebe ich notfalls mit meinen Söldnern aus. Wenn das Signal kommt, bediene ich mich aller Mörder, Räuber und Diebe aus den Gefängnissen von Paris, lasse sie frei und setze sie zum Sturm auf den Palast des Dauphins an, indem ich ihnen die Plünderung in Aussicht stelle.«

»Ich weiß nicht«, meinte der Comte de Buron nun doch etwas erschrocken, »ob das –«

Er wurde unterbrochen. Von der Spitze des Zuges, der sich schon eine Weile wieder in Bewegung gesetzt hatte, kam ein Ruf zurück: »Präfekt!«

Die Dauphine verlangte ihn wieder zu sprechen. Sich haßerfüllte Flüche verbeißend, hastete er mit seinen kurzen Beinen watschelnd nach vorne.

»Königliche Hoheit?«

»Habt Ihr hier auch alle Bänke entfernen lassen? Wozu wäre *das* denn für meine Sicherheit gut?«

»Bank wurde keine entfernt, Königliche Hoheit.«

»Ich sehe aber keine. Ich würde mich nämlich gerne ein wenig ausruhen.«

Der Polizeimensch setzte zu einer, wie er glaubte, Deklamation von einiger Eindruckskraft an.

»Wir befinden uns hier im Jardin d'Acclimatation, Königliche Hoheit. Ich kenne das Terrain. Eine kurze Strecke um den See herum, dort unter der breiten Trauerweide, deren Wipfel von hier sichtbar ist, steht eine Bank. Man hat von ihr den besten Ausblick auf eine

Schwaneninsel. Auch eine Gondel weiß ich an verborgener Stelle angekettet.«

Margarete von Schottland nickte.

»Allons, mes amis – laßt uns eilen! Wie lange habe ich keinen Schwan in Freiheit mehr gesehen!«

Aber dann verlief alles ganz anders. Die Bank erwies sich als schon besetzt. Ein schmächtiger, offenbar nicht im Überfluß lebender Scholar schlief auf ihr.

»Der Mann muß durch Eure Maschen geschlüpft sein«, sagte die Dauphine ironisch zum Präfekten.

Sie war in einiger Entfernung von der Bank stehengeblieben, mit ihr das ganze höfische Gefolge.

Der Präfekt wollte nicht zögern und sich auf den Schlummernden stürzen. Die Dauphine erstickte jedoch mit einem herrischen Wink sein Vorhaben.

»Ein schwarzer Rock der Gelehrsamkeit«, sagte sie dann, zur Bank blickend. »Meine Neugier ist geweckt. Der Mann interessiert mich. Wie schade, daß er uns den Rücken zukehrt. Sein Gesicht, im Schlaf gelöst, könnte uns manches sagen.«

»Ich werde ihn bestrafen lassen«, preßte der Präfekt zwischen den Zähnen hervor. »Wie kommt er in den Bois?«

»Vielleicht war er schon *vor* Eurer Absperrung hier«, amüsierte sich die Dauphine.

»Trotzdem hätte er entdeckt werden müssen, Königliche Hoheit.« Der Präfekt wandte sich an den verantwortlichen Offizier in seiner Begleitung. »Das geht auf Euer Konto. Eure Leute haben das Gelände nicht mit der nötigen Sorgfalt abgesucht. Ihr meldet Euch nachher bei mir. Ihr werdet –«

»Hört auf mit Eurem Unsinn!« brachte die Dauphine den Präfekten zum Schweigen und befaßte sich wieder mit dem Unbekannten auf der Bank. »Er ist für einen darbenden Scholaren überraschend gut gekleidet, oder irre ich mich?«

»Nicht nur von der Kleidung ist das zu sagen«, meinte die Marquise Souvignale, »sondern auch von der goldenen Kette, an der sein Degen hängt. Vielleicht ist er ein Magister oder gar ein Medicus?«

»Zum Alchimisten paßt sein Corpus besser«, höhnte der arrogante Baron Comte de Buron. »Giftige Dämpfe scheinen ihm schon ganz schön zugesetzt zu haben. Vielleicht sucht er die Formel vom Stein der Weisen.«

Spöttisches Gelächter wurde rundum vernehmbar, und davon regte sich die schlafende Gestalt, wälzte sich auf den Rücken und wandte das Gesicht der Sonne zu. Die Augen blieben geschlossen, noch wurde der Schlummer, wenn auch in leichterer Form, fortgesetzt.

»Schön ist er nicht«, murmelte die Comtesse de Polignac. »Die Züge sind sehr grob und unausgeglichen.«

»Und seine Farbe ist, wie ich schon sagte, die eines Menschen, der sich seine Gesundheit ruiniert hat. Weiß der Himmel, womit.« Der Comte de Buron verzog angewidert sein Gesicht. »Die Lungen dieser Leute halten nicht stand. Und dann werden sie auch noch anderen zum Verderben, indem sie sie anstecken.«

»Was mir auffällt«, sagte die Marquise de Souvignale mit einem lüsternen Ausdruck in den Augen, den sie nicht ganz verbergen konnte, »sind seine lasterhaften Ringe unter den Augen. Die bekommt man nicht, wenn man nach dem Stein der Weisen sucht.«

Erneut wurde allgemein gelacht, nur die Dauphine schloß sich davon aus. Unbewegt stand sie da und starrte auf das Gesicht des Schlafenden. Mit einer strengen Handbewegung sorgte sie für augenblickliche Stille und trat auf Zehenspitzen nahe an die Bank heran.

»Alain Chartier«, flüsterte sie. »Ja, er ist es, es kann

kein anderer sein, ich sah ihn bei einem Volksfest in Bayeux. Alain Chartier... mein lieber Freund Chartier...«

Erstarrung bemächtigte sich auf einmal des ganzen Kreises der Höflinge. Mit großen Augen und angehaltenem Atem sahen und hörten alle der Dauphine zu.

»Jede deiner Dichtungen ist in meinem Herzen verwahrt«, sagte diese leise und betrachtete mit Trauer Chartiers fahle Wangen und tiefe Augenhöhlen. »Du hast dein Land, deine Sprache, mir, der Fremden, nahegebracht und zugleich mein Herz mir offengehalten für meine eigene Heimat. Deine glühenden Verse der Vaterlands- und Heimatliebe werden mich immer davor bewahren, die Felsenküste Schottlands zu vergessen, wo die tosende Brandung sich in das Gestein frißt; sie werden in mir vor dem Verblassen die Bilder der endlosen Weiden schützen, auf denen die großen Herden der Schafe dahinziehen. In meinen Ohren wird nicht verstummen der Klang der Schalmeien der Hirten. Deine Lieder, Alain Chartier, erhalten in mir lebendig die Erinnerung an das Schloß meiner Ahnen zwischen grünen, flachen Hügeln, über die der salzige Meereswind weht. Für all das danke ich dir, Alain Chartier, danke ich dir mit der ganzen Kraft meines Herzens.«

Die Dauphine setzte sich selbstvergessen in Bewegung und ging ganz nahe an die Bank heran, tat den letzten Schritt, um jede Distanz zwischen ihr und dem schlafenden Dichter zu überwinden. Und dann geschah etwas Unaussprechliches. Das Entsetzen, welches die Schar der Höflinge packte, ging über alles Diesbezügliche hinaus, das in diesem Kreis schon jemals zu verzeichnen gewesen war.

Es fing damit an, daß die Dauphine sich vorbeugte und dem schlafenden Dichter die verschwitzten Locken aus der Stirn strich und eine Falte der verschobenen Halskrause geradezupfte, so, wie man ein schlummerndes Kind liebend umsorgt. Ein leises Zittern ging durch den Körper des Ruhenden. Chartier träumte, er liege auf einer weiten, blumigen Wiese und es werde vernehmbar ein süßer Chor der Blüten und singe ihm das Schlummerlied seiner geliebten, unvergessenen Mutter. Weiter träumte er, daß sich ihm ein Falter nahe, mit herrlicher Zeichnung und Farben der Flügel, ihn umgaukle, sein Haupt umtanze und sich schließlich auf seine Lippen setze, um ihn, das Menschenkind, zu küssen, auf daß er schlafe mit dem Lächeln der Wonne. Und die Sonne verdoppelte ihren Strahlenglanz, Feuerregen rieselte aus dem lichten Blau des Himmels – doch er verbrannte ihn nicht, nein, kühlend fielen die goldenen Tropfen auf ihn, und mit weit ausgebreiteten Armen lag er auf dem Blumenteppich und trank selig den Regen der Sphäre.

Ein Teil des Traums – der Kuß – wurde Wirklichkeit. Margarete von Schottland beugte sich zu dem Schlafenden hinab und legte auf dessen Lippen die ihren. Ganz zart und leise tat sie das, und trotzdem unendlich innig.

Rom brannte – nach Nero – ein zweites Mal. So empfand jedenfalls in diesem Augenblick die Schar der Höflinge, deren Reihen wankten. Atem zu schöpfen, war sekundenlang keinem möglich.

Im Schlaf lächelte der Dichter nach diesem Kuß, träumte er doch, der Falter trage ihn hinauf zur Sonne, und er, Chartier, fühle die Wärme ihrer Strahlen auf seinen Lippen. Glücklich war er, ach so grenzenlos glücklich...

Vorsichtig richtete sich die Dauphine auf, trat in den starren, maskenhaften Kreis zurück und bedeutete allen, sich, gleich ihr, auf Zehenspitzen zu entfernen. Bald war der ganze Zug aus Seide, Brokat und Perücken zwischen den Taxushecken verschwunden. Das Ende der Prozession bildeten wieder der Comte de Buron und der Polizeipräfekt, die sich zurückfallen ließen, um ungestört miteinander sprechen zu können.

Der Präfekt grinste gemein, rieb sich die Hände und sagte: »Das ist ihr Ende.«

»Noch heute geht ein Bote ab nach Lyon«, erklärte der Comte mit dem gleichen Grinsen.

Dann war der Platz leer, nur die Trauerweide rauschte leise, und vom See herüber klang das Flügelschlagen munterer Schwäne. Nicht recht viel später ergab sich ein ganz profaner Anlaß, der dem Schlaf des Dichters ein Ende setzte. Ameisen hatten den Weg zum Gesicht Chartiers gefunden und krochen ihm über Mund, Nase und Augenlider. Das weckte ihn.

Umgeben von sommerlicher Pracht, fand er sich erstaunt auf einer weißen Bank unter den wispernden Zweigen der Weide. Dann wußte er wieder, wo er sich befand. Tief holte er Atem, blickte um sich und genoß die Fülle der Schönheit unserer Welt. Und schließlich zog er aus seiner Tasche ein Blatt Pergament sowie ein verschließbares Büchschen mit Tinte und Federkiel hervor und schrieb, vor der Bank kniend und auf deren Planken das Pergament glättend, den Jubel des Lebens wie ein Gebet seiner Seele nieder.

Als er das Gedicht wie im Rausch fertiggestellt hatte, stürzte er aus dem blühenden Park, um das Werk seiner Liebsten zu zeigen, einer kleinen Brokatstickerin in Neuilly, die den großen Chartier vor dem Verhungern bewahrte.

II

Oh, wer beschreibt die Aufregung, die sich der ganzen Nation bemächtigte? Wer teilt die Empörung der hochgeborenen Herren und Damen Frankreichs? Auf der anderen Seite – wer heißt gut die Freude des niederen Volkes, das einen der Ärmsten aus seiner Mitte von der Dauphine geküßt sah?

Ein Riß ging durch Frankreich.

Wer sich darum überhaupt nicht kümmerte, war Margarete von Schottland. Ihre Widersacher interessierten sie nicht, aber auch nicht ihre Befürworter. Sie stand gewissermaßen absolut über den Dingen.

Sie lachte in die gepuderten Gesichter der glatten Höflinge, wenn diese, bei ihrem Getuschel ertappt, mit hochroten Köpfen auseinanderfuhren.

Sie biederte sich aber auch nicht an, wenn ihr – offene oder versteckte – Zeichen der Anhängerschaft gegeben wurden.

Gefährlich hätte werden können, was ihr erbittertster Feind unternahm.

»Das ist ihr Ende«, hatte er schon im Bois gesagt.

Und dann nützte er die erste Gelegenheit, um sich zum Dauphin zu begeben und ihm die unmögliche, jede Weltordnung umstürzende Begebenheit in allen Details auf diplomatische, das Vertrauen zwischen den Ehegatten zerstörende Weise zu unterbreiten.

Durch die prunkvollen Korridore des Schlosses schritt er in voller Würde zum Kabinett Ludwigs, ließ sich unter genau bemessenen Zeremonien melden, trat in den gewölbten weiten Raum und dienerte sich leise keuchend bis zu dem imposanten, aus kostbaren Hölzern angefertigten Schreibtisch vor, hinter dem mit übereinandergeschlagenen, seidenbestrumpften Beinen der Dauphin in seinem Sessel thronte und von der Überlegung geplagt wurde, was er tun könne, um sich wieder einmal vor dem palastbekannten Mundgeruch des Mannes, der sich ihm da näherte, zu schützen. Mundgeruch hatten damals zwar alle, auch der Dauphine und die Dauphine, da Zähneputzen in jener Zeit noch unbekannt war, aber der Polizeipräfekt marschierte mit dem Odeur, der sich verbreitete, wenn er die Lippen öffnete, weit an der Spitze aller. Die Wirkung reichte sogar über den gewiß nicht kleinen Schreibtisch eines kommenden Königs von Frankreich hinweg.

»Ihr erscheint als der Präfekt von Paris?« fragte der Dauphin, ehe der keuchende Fettwanst noch die Augen von der letzten Verbeugung erhoben hatte.

Beim Klang der herrscherlichen, etwas spöttischen, doch männlich dunklen Stimme war es dem Präfekten stets, als zöge in der Ferne ein Gewitter heran. So wagte er auch jetzt nur einen schnellen Blick in die großen, blauen Augen Ludwigs, bevor er antwortete: »Ich hätte es lieber nicht getan, Königliche Hoheit.«

Immer dasselbe, dachte der Dauphin. Was redet der Kerl nun schon wieder für einen Blödsinn...

»Was hättet Ihr lieber nicht getan?« fragte er.

»Bei Euch zu erscheinen, Sire.«

»Und warum das nicht?«

Wärst du doch dann weggeblieben, du Idiot, dachte der Dauphin.

»Weil die Angelegenheit«, entgegnete sich aufrichtend der Präfekt, »der Gegenstand meines untertänigsten Vortrags, die Angelegenheit, ja...«

Großer Gott, dachte der Dauphin. Die erste Welle des untertänigsten Mundgeruchs hatte ihn erreicht.

»...sehr delikat ist«, ergänzte der Präfekt.

Delikat nenne ich weiß Gott etwas anderes, sagte sich

der Dauphin, der im Moment nur einzig und allein an diesen Mundgeruch denken konnte.

»Ganz außerordentlich delikat ist«, bekräftigte der Präfekt.

»Inwiefern?«

»Die Sache betrifft Ihre Königliche Hoheit.«

»Mich?«

Der Präfekt schüttelte den Kopf.

»Nein, denn dann hätte ich *Eure* Königliche Hoheit gesagt.«

Stimmt ja, dachte der Dauphin, der in seiner Konzentrationsfähigkeit durch den schubweisen Mundgeruch des Präfekten beeinträchtigt war, und erwiderte: »Ihr meint also die Dauphine?«

Der Präfekt nickte.

»Und?« stieß der Dauphin kurz hervor, wahrscheinlich, um das Ganze möglichst kurz zu gestalten.

»Darf ich«, sagte der Präfekt, »etwas ausholen, Königli...«

»Nein!« rief der Dauphin spontan. »Ihr wißt, wie knapp bemessen jede Audienz sein muß, die ich Euch gewähre. Das hat seinen Grund. Meine Zeit ist begrenzt, also los!«

Der Präfekt räusperte sich.

»Euch ist bekannt, Sire, daß Ihre Königliche Hoheit den Wunsch hatte, den Bois de Boulogne aufzu...«

Noch einmal mußte sich der Präfekt räuspern.

»...aufzusuchen, Sire.«

»Ganz recht, das ist mir bekannt.«

»Ich ließ den Bois vorher rasch absperren...«

»Das kann ich mir denken.«

»...da ich ja für die Sicherheit Ihrer Königlichen Hoheit verantwortlich bin.«

»War sie begeistert davon?«

»Offengestanden, nein, Sire.«

»Das überrascht mich nicht. Die Maßnahme der Absperrung war aber richtig von Euch.«

Der Präfekt räusperte sich abermals, ehe er fortfuhr: »Trotzdem ...«

»Was trotzdem?«

»Trotzdem gelang es einem niederen Subjekt, sich im Bois zur fraglichen Zeit aufzuhalten.«

»Das gelang einem niederen Subjekt?« spottete der Dauphin. »Hat man so etwas schon erlebt?«

»Für den verantwortlichen Offizier muß ich mir die angemessene Bestrafung noch ausdenken, Sire.«

Die Erregung, mit welcher der Präfekt zu kämpfen hatte, veranlaßte ihn zu verstärkter, rascher Atemtätigkeit, und das wiederum erinnerte den Dauphin ein weiteres Mal ganz plötzlich und intensiv daran, wie knapp gemessen seine Zeit für Audienzen war.

»Ich zähle jetzt bis drei«, sagte er zum Präfekten. »Wenn ich dann nicht weiß, was Ihr eigentlich hier wollt, lasse ich Euch hinauswerfen ...«

»Sire, ich ...«

»Eins ...«

»Ihre Königliche Hoheit hat ... hat ...«

»Zwei ...«

»... jenes Subjekt ...«

»Drei ...«

»... geküßt!«

Stille. Dann sagte der Dauphin: »Was hat sie?«

»Sie hat jenes Subjekt geküßt, Sire.«

Der Dauphin sprang auf. »Geküßt?« rief er.

»Geküßt, Sire.«

Der Präfekt glaubte sein Spiel schon gewonnen und stieß nach: »Mit nicht mehr zu steigernder Innigkeit, Sire. Ich sage nicht zuviel.«

Und in der Tat, der Dauphin schien außer sich. Seine Augen flammten, sein Gesicht war rot angelaufen. Er fing an zu brüllen: »Wer war der Kerl? Ihr habt ihn doch sicher sofort arretiert?«

»Nein, Sire«, antwortete der Präfekt und fuhr, als die Hand des Dauphins nach der Reitgerte zuckte, die immer auf seinem Schreibtisch lag, rasch fort: »Das hätte Ihre Königliche Hoheit ganz bestimmt untersagt.«

Die Reitgerte blieb, züchtigungsbereit, halb erhoben.

»Ihr habt also das Subjekt entweichen lassen?«

»Er ist uns absolut sicher, Königliche Hoheit. Innerhalb kürzester Zeit können wir ihn haben – ohne Wissen der Dauphine. Er ist uns bekannt.«

»Wer ist es? Ein Graf? Ein Herzog? Ein...« der Dauphin schluckte »...junger Offizier?«

Ein junger Offizier, das wäre das Schlimmste gewesen.

»Ihr habt zwar«, fuhr der Dauphin fort, ehe der Präfekt antworten konnte, »von einem niederen Subjekt gesprochen – aber das ist doch wohl nicht möglich?«

»Doch, Sire.«

Nach diesem Schlag setzte sich der Dauphin erst mal wieder hin. Daß sich die Dauphine, seine Frau, die er ja liebte, so sehr hatte vergessen können, daß sie so tief hatte sinken können, keinen Grafen, keinen Herzog, keinen... jungen Offizier zu küssen, sondern einen Niemand aus dem gemeinen Volk, das erschien ihm unerträglich. Fassungslos fragte er sich: Wie war das möglich?

Und dann erkannte er, wie das möglich war.

»War er denn so schön?« fragte er den Präfekten.

»Schön?«

»Ja.«

»Keineswegs, Sire, ganz im Gegenteil.«

Der Dauphin fiel von einer Überraschung in die andere.

»Er war nicht schön?«

»Absolut nicht.«

»Aber er muß doch einigermaßen ausgesehen haben?«

»Die Vogelscheuchen auf Frankreichs Feldern sehen besser aus, Sire.«

Nun begriff der Dauphin die Welt nicht mehr, jetzt war ein Augenschein notwendig geworden.

»Faßt den Kerl! Bringt ihn mir her!« rief der Gehörnte. »Wie heißt er?«

»Chartier.«

»Chartier heißen viele. Wie noch?«

»Alain Chartier.«

Eine seltsame Wandlung ging mit dem Dauphin vor sich. Schien er sich plötzlich wieder etwas beruhigen zu wollen? Unverkennbare Anzeichen deuteten darauf hin. Aus einem goldenen Döschen nahm er eine Pastille und schob sich das duftende Kügelchen in den Mund.

»Alain Chartier?« fragte er, die Pastille im Mund hin und her rollend.

»Ja, Königliche Hoheit.«

»Der Dichter?«

Der Präfekt spürte den Stimmungsumschwung und versuchte ihn zu verhindern.

»Ja, dieser lungenkranke Mensch«, sagte er verächtlich.

Verächtlicher noch war aber der Blick des Dauphins, der ihn nun traf. Und dazu paßte das Gewitter, das unverzüglich einsetzte.

»Ihr hättet ihn auch küssen sollen!«

»Ich, Sire?«

»Ja, aber seine Füße!«

»Seine... Füße?« stammelte der Präfekt in völliger Verwirrung.

»So groß ist der Unterschied zwischen Euch und ihm!« ließ der Dauphin den Blitz einschlagen.

»Sire...«

Mehr brachte der Präfekt nicht mehr hervor. Stumm musterte ihn der Dauphin. Soll ich ihm denn, dachte er, erklären, was Dichtkunst ist? Daß sie aufbaut auf der Gnade der Götter? Daß die Ewigkeit mit ihr im Bunde steht?

Ach, es hätte ja doch keinen Zweck, Banause bleibt Banause. Wenn er wenigstens nicht so sehr aus dem Mund riechen würde. Der Kuß meiner Frau war ein Zeichen ihrer glühenden Verehrung, zu dem sie sich hinreißen ließ. Ich kenne sie doch, sie ist eben keine Banausin. Freilich, in aller Öffentlichkeit hätte sie das nicht tun sollen, vor dem ganzen Hofstaat. Ich werde mit ihr reden müssen...

»Was hat er denn gesagt?« fragte er den Präfekten.

»Wer?«

»Alain Chartier.«

»Gesagt, Sire?«

»Ja, er muß doch etwas gesagt haben, vor oder nach dem Kuß?«

»Nein, Sire.«

»Nein?«

»Nein.«

»Das kann ich mir gar nicht vorstellen. Man sagt doch etwas in solchen Situationen.«

»Er hat geschlafen, Sire.«

Der Dauphin blickte den Präfekten an wie einen Idioten. Warum sagst du das nicht gleich, du Ochse? lautete die stumme Frage, die dem Dauphin auf den Lippen schwebte. Mit einem ironischen Seufzer sagte er: »Das erklärt vieles. Geschlafen hat er also?«

»Ja, Sire. Schwitzenderweise.«

»Schwitzenderweise?«

»Ja.«

»Und dann hat ihn, obwohl er geschwitzt hat, die Dauphine geküßt?«

»Ja, Königliche Hoheit.«

»Wohin? Auf die Stirn?«

Der Präfekt schöpfte neue Hoffnung, es der Dauphine einzutränken.

»Keineswegs, Sire – auf den Mund!«

Die Hoffnung zerschlug sich jedoch rasch.

»Auf den Mund?« wunderte sich der Dauphin höchlichst. »Und davon wurde der Mann immer noch nicht wach?«

»Nein, Sire.«

»Dann kann es aber kein toller Kuß gewesen sein.«

»Sire, ich...«

»Was? Was wollt Ihr sagen?«

»Ich verstehe Euch nicht.«

»Was versteht Ihr nicht? Daß ein solcher Kuß, von dem ein schlafender Mann nicht wach wird, nicht besonders toll sein kann? Das versteht Ihr nicht?«

Der Präfekt verstummte, es fiel ihm nichts mehr ein. Um so heißer brannte der Haß in ihm, der Haß auf die Dauphine, aber auch auf den Dauphin, der sich zu keinem Instrument höfischer Intrige machen ließ.

»Mit nicht mehr zu steigernder Innigkeit hat die Dauphine den geküßt, habt Ihr mir gesagt«, fuhr der Dauphin fort.

Der Präfekt rang um Worte, die ihm versagt blieben. Endlich krächzte er: »Sire, ich wollte damit sagen –«

»Ich weiß, was Ihr damit sagen wolltet«, unterbrach ihn der Dauphin. »Der Stempel, den Ihr diesem Kuß aufdrücken wolltet, ist mir klar.«

»Nein, Sire, Ihr täuscht Euch«, warf der Präfekt das Steuer herum. Es war zu spät.

»Wißt Ihr, was ich glaube?« fragte der Dauphin grollend den kleinen, kugeligen Dickwanst, dessen Mundgeruch den aller anderen bei Hofe übertraf.

»Nein, Sire.«

»Daß Paris wohl bald einen anderen Polizeipräfekten braucht.«

»Sire, ich –«

»Hinaus!«

Nachdem der Präfekt, der um seine Macht bangen mußte, der deshalb schwitzte, obwohl ihn der eisige Hauch allerhöchster Ungnade umweht hatte und ihn eigentlich hätte abkühlen müssen, nachdem er also verschwunden war, mehr kriechend als gehend, läutete der Dauphin seinem Sekretär und ließ diesen einen Brief an Chartier aufsetzen, in dem der Dichter zum nächsten Hofball im Schloß geladen wurde. Zum Schluß versah der Dauphin den Text eigenhändig mit einem Nachsatz:

»Mon cher ami, ich liebe Dichter, die von Königsküssen träumen, denn maßlos ist die Kunst allein im Unterbewußten. Man soll die Sonne loben, ohne Drang, sie zu besitzen.«

Eigenhändig siegelte der Dauphin auch den Brief und ließ ihn durch einen reitenden Boten zum Marquis de Bréguérac, dem Kommandeur der Garde, bringen, zu dessen Aufgabenbereich auch die Zustellung diskreter Adressen gehörte. Dann trat der Dauphin durch die zierliche Tapetentür ins Boudoir der zärtlichen Dauphine.

Goldene, in Leder gepreßte Blattranken schmückten diese Tür. Und auf Zehenspitzen, als nähere er sich einer anbetungswürdigen Kostbarkeit, näherte sich Ludwig, Dauphin von Frankreich. Falls ihn des Lesers romantische Gedanken dabei begleiten, wird auch das Bild, das ihn erwartet, seiner Fantasie entsprechen: Eine junge Dauphine, strahlend schön. Gerade erhebt sie sich aus dem Sessel am Fenster, durch das die Baumwipfel des Gartens grüßen. Ein Lächeln trägt sie in dem ovalen, klaren und von dunklem Haar umrahmten Gesicht. Und ihre Augen füllen sich mit Zärtlichkeit. Da nimmt Ludwig ihre Hand, als berühre er ein zerbrechliches Kleinod, führt sie an die Lippen und haucht einen Kuß darauf.

So gut, so schön. Doch was wissen wir gewöhnlichen Sterblichen davon, wie's in den Schlafzimmern und in den Herzen von Thronfolgern aussieht? Wenig. Weniger als wenig. Beinahe nichts. – So ist es heute. So war es damals.

Die Gerüchte und Spekulationen um das Thronfolger-Paar wollten nie verstummen. Die Beziehung, die beide verband, gab ganz Frankreich Rätsel auf.

Vielleicht ist es daher angebracht, die Tatsachen ein wenig zu ordnen, damit hinter den verschlungenen Wegen der königlichen Macht die Wahrheit durchschimmern kann.

Eine Liebesheirat war es bei Gott nicht gewesen, die damals vor neun Jahren die beiden verband. In der Nähe der Krone werden Gefühle zum unerlaubten Luxus. Vermessen geradezu, auf sie zu hoffen.

Gerade dreizehn war Ludwig und elf das Kind aus Schottland. Dachte Margaret zurück, sah sie kaltfeuchte, mächtige Quaderwände, Edinburg, Perth. – Nicht Schlösser waren es, nein, es waren Festungen, in denen sie aufwuchs, umgeben von Rittern und Soldaten, Verwandten und Gefolgsleuten der Stewarts. Tat Ludwig das gleiche, sah er seinen Vater blaß und gequält, weil die Engländer noch immer den Norden Frankreichs hielten. Nach dem alten Prinzip, daß die Feinde meiner Feinde meine Freunde sind, kam diese Hochzeit zustande.

Nun waren sie verheiratet. Und was macht man mit einer Elfjährigen, wenn man selbst erst dreizehn ist?

Längst war dies auch zur augenzwinkernden Preisfrage am Hof geworden.

Vielleicht hatte man hundert Jahre vor Ludwigs Zeit eine solche Frage nicht zu stellen gewagt, doch die Zeiten hatten sich geändert, und die Heilige Kirche hatte überdies, vor allem in Italien und Frankreich, ihren Zugriff auf die Menschen als Verwalterin fleischlicher Lüste und Sünden verloren. Die Sitten lockerten sich, nicht zuletzt durch das Beispiel, das die geistlichen Herren selbst gaben, und so blühte die Liebe in all ihren Formen.

Was also, so fragte man sich, verband diese beiden Kinder? Woher rührte das zärtliche Einverständnis, das ihre ineinandergetauchten Blicke zeigten und das sie stumm lächelnd kommunizieren ließ, wo andere Worte machten.

Viel flüsterten die Höflinge und wußten so wenig. Und selbst die Hoffnung, die sie Zofen und Kammerdiener bestechen ließ, damit sie das Rätsel lösten, erwies sich als trügerisch.

Nun: Der dreizehnjährige Dauphin mochte zwar eine große Nase haben, aber er hatte auch einen kräftigen Körper. Und je weiter Ludwig heranwuchs, desto imponierender stählte er diesen Körper und wurde zum Mann. Die Kriegskunst, das Fechten und Reiten, die Geschicklichkeit, den Gegner mit der Lanze und hoch zu Pferd aus dem Sattel zu werfen, das Schießen mit Pfeil und Bogen, mit Armbrust und Muskete, das alles gehörte zur Prinzen-Erziehung, so wie auch das edle Waidwerk. Und darin tat es dem jungen Dauphin von Frankreich wohl kaum einer nach. War er doch einer der wenigen am Hof, die es verstanden, mit einem einzigen Lanzenwurf ein Wildschwein zur Strecke zu bringen.

Mit fünfzehn bereits stellte er so seinen Mann. Und dies nicht allein im Wald bei der Hatz oder auf dem

Fechtboden, nein, auch dort, wo seit allen Zeiten wahre Männlichkeit zur Schau gestellt wird – im Bett. Es waren nicht nur Mägde oder Zofen, die es sich zur Ehre anrechneten, den jungen Ludwig in die wahre ›ars amandi‹ einzuführen, auch Damen aus edelstem Geblüt, Trägerinnen der großen Namen und Titel Frankreichs zählten dazu. Und sie alle, die Herzoginnen, Gräfinnen und Marquisen waren sich einig im Urteil: Er versteht es.

Was also trieb er mit diesem zerbrechlichen Geschöpf an seiner Seite? Diesem in Gedichte und Bücher versponnenen Wesen, dem dunkelhaarigen und grauäugigen Kind Margaret aus Schottland?

Niemand vermochte es zu verstehen.

Dabei war es so einfach.

»Mein Herzblatt Margaret«, wie der Dauphin sie nannte, verkörperte in all ihrer Zerbrechlichkeit etwas, das er sonst nirgends finden konnte: ein träumendes Herz, eine zarte Seele, die sich nur im Fantasieland der Dichter zu Hause fühlte, ihm die großen Meister und deren Visionen nahebrachte. Vergil deklamierte, aus Dantes oder Petrarcas Werken las und auch die Verse eines Alain Chartier zitierte, wenn es wieder einmal darum ging, einen Sinn in den verwirrenden Fragen des Lebens zu finden.

Margaret würde ihren Ludwig früh verlassen. Nicht mehr als zweiundzwanzig Jahre schenkte ihr das Leben. Und vielleicht spürte sie es damals schon.

Für Ludwig aber war sie in all ihrer empfindsamen Kindlichkeit die Vertraute, der Mensch, der ihm nicht nur das Tor zu einer anderen Welt, der Welt der Kunst aufstieß, sondern auch in Heiterkeit die Kraft verlieh, die Einsamkeit des Erwachsenwerdens zu ertragen. Denn schon als Jüngling hatte er jene Eigenschaft entwickelt, die später seine Regierungszeit als König auszeichnen würde: Den unbestechlichen Blick für die Schwächen Frankreichs – in erster Linie gegenüber denjenigen, die von sich sagten, das Wohl des Landes im Auge zu haben, während sie es von innen her zerstörten. Es waren die Fürsten, die Grafen, Herzöge, jene lokalen Machthaber und Provinz-Potentaten, die um ihres egoistischen Größenwahns und ihrer Prunksucht willen die Krone im Geheimen bekämpften, einen König nur als willfähriges Werkzeug zu ertragen bereit waren und den Hof in ein Schlangennest der Intrigen verwandelten, in dem jeder nur die eigenen Interessen verfolgte.

Sie waren seine Feinde. Noch kannte er sie nicht alle, und viele ihrer Ziele blieben ihm verborgen, aber er würde sie aufdecken und einen nach dem anderen vernichten.

Es gibt stets Epochen in der Geschichte, die unter dem Zeichen des Umbruchs stehen. Nicht alle, aber viele, sehr viele Menschen spüren dies instinktiv, so wie Tiere das Herannahen eines Unwetters wittern. In einzelnen aber verdichtet sich diese Ahnung zur Gewißheit. Auch der Dauphin, in dem so viele bereits den König sahen und den sie deshalb um so ingrimmiger zu bekämpfen bereit waren, war sich der Zukunf Frankreichs sicher. Hatte nicht der Krieg allen gezeigt, daß es mit aristokratischen Allüren, mit Fürsten-Pomp und Ritterherrlichkeit endgültig vorüber war? Hatten nicht die englischen Fußsoldaten und Armbrustschützen all die herrlichen, federgeschmückten Wappenträger, den Stolz Frankreichs, reihenweise und für alle Zeiten aus den Sätteln gehoben? War es nicht ein Bauernmädchen gewesen, aus deren Hand sein Vater die Krone empfing? Eine neue Macht zog herauf. Auf sie würde der Dauphin sich stützen, denn sie allein verlieh dem Herrscher das Recht: Es war die Kraft der einfachen Stände, der Bürger, der Handwerker und – ja, der Bauern. Getragen von ihr würde er wie der Schmied das Eisen ein neues Frankreich schmieden. Ein Frankreich, das nur einen Herrscher kennt: Den Mann, der die Krone trägt.

Noch war es nicht soweit. Und gewiß mußten noch viele Jahre vergehen, doch schon jetzt verlieh Ludwig, Dauphin von Frankreich, seinen Vorstellungen und auch seinen Bemühungen Ausdruck, und sei es allein dadurch, daß er zum Entsetzen der parfümierten Aristokraten, die ihn umgaben, Hofkleidung nur zu Staatsgeschäften anzog, sonst aber im Lederwams herumlief wie der einfachste seiner Knechte, mit Bürgern und Soldaten Freundschaft schloß, all die Raffinesse, die die Aristokratie benötigte wie die Luft zum Atmen... ostentativ verlachte und sich statt dessen zum Essen in die Gesindeküche verzog, um dort das einfache Mahl mit seinen Leuten zu teilen.

Keine Gelegenheit bot sich, die er nicht nützte, um diesem Stall von Schmarotzern und Hofschranzen zu zeigen, was er von ihnen hielt, ihrem selbstherrlichen Schwadronieren, der dünkelhaften Selbstgerechtigkeit und ihren Intrigen. Er verachtete sie und säte damit den Samen kommender Stürme.

Wenn schon? Was machte es ihm? Es gab einen Menschen, der mit seiner Anmut alle düsteren Ahnungen verscheuchte und mit der Wärme des Herzens die kalte Arroganz vertrieb, die ihn umgab. Es gab Margaret. Und ihre Anwesenheit war genug, um ihm die Kraft zu geben, die Zukunft anzugehen.

Das war es, was den jungen Thronfolger mit seiner kindlichen Frau verband...

III

Durch den kleinen Ort Melun im Südosten von Paris galoppierten nachts einige in weite, dunkle Mäntel gehüllte Männer. Tief in der Stirn saß jedem ein großer Hut, der nur einen kleinen hellen Fleck vom Gesicht erkennen ließ. Am Ausgang der Stadt zügelten die Reiter ihre schweißnassen Pferde und lenkten sie in einem weiten Bogen einem schwärzlichen Tannenwald zu, in welchem die Ruine einer im Krieg zerstörten fränkischen Ringburg lag. Dort sprangen sie aus den Sätteln, dehnten und reckten ihre vom Reiten einseitig beanspruchten Glieder und banden die Rosse an den Bäumen fest, ehe sie durch ein verfallenes Tor im Hof der Ruine verschwanden und an den Mauern entlang zu einem sich sachte senkenden, in die Erde führenden Gang glitten.

Nach einigen Biegungen des glitschigen, an den Wänden mit Moos bewachsenen Tunnels mündete dieser in eine große, von flackernden Fackeln nicht gerade besonders gut beleuchtete Steinkammer, in der an einem rohen Holztisch auf breiten Schemeln drei gleichfalls verhüllte Gestalten saßen und stumm den Eintretenden entgegensahen.

»Wir haben uns etwas verspätet«, sagte einer der Reiter, ein langer, hagerer Mensch, dessen Stimme ihn als den Comte de Buron verriet, »treffen aber hiermit, so scheint mir, noch rechtzeitig ein. Habt ihr das von euch gegebene Versprechen eingehalten?«

»Ihr könnt ohne Bedenken frei sprechen«, antwortete der einer Fackel am nächsten sitzende Vermummte. »Einer von uns ist aus dem Hause Orléans. Genügt Euch das?«

»Warum die Maskerade, Freunde?«

»Die Antwort lautet: Warum auch auf eurer Seite weite

Mäntel und herabgezogene Hüte? Wir sollten beide davon lassen. Wenn man sich Bundesgenossen sucht, um gemeinsam den König und den Dauphin zu beseitigen, mag man sich mit offenem Visier zu den nötigen Verhandlungen rüsten.«

Der hagere Reiter nickte, doch der kleine, dicke Begleiter rechts von ihm bestand auf seiner Anonymität. Dabei schützte ihn die beste Vermummung nicht, da sie vom übelsten Mundgeruch von ganz Paris zunichte gemacht wurde. Er zupfte den Comte de Buron am Ärmel, schüttelte den Kopf und sagte zu dem Mann neben der Fackel: »Noch kennen wir nicht eure Antwort. Es hat in Frankreich schon mancher Freund die Freunde an den Galgen gebracht. Was bietet Ihr als Sicherheit?«

»Liebster Präfekt, in erster Linie sichert Euch mein Schweigen.«

Mit einem Satz war der Erkannte an den Eingang geschnellt und winkte in den dunklen Tunnel hinein. Dann kam er zurück an den Tisch und entledigte sich seiner ihn verhüllenden Kleidungsstücke, wobei er sagte: »Der Tunnel ist mit Getreuen abgeriegelt, Orléans ist mein Gefangener – wenn er die heutige Nacht zu mißbrauchen gedächte! Und diese Gefangenschaft – verzeiht mir, daß ich so ungalant bin – wäre der Tod.«

Alle demaskierten sich nun, und es stellte sich heraus, daß jeder ohnehin gewußt hatte, wer die anderen waren.

»Der Dauphin«, begann der Comte de Buron, »dieses heruntergekommene Individuum, achtet nicht des skandalösen Streiches der Dauphine. Das Bündnis zwischen Frankreich und den Schotten scheint perfekt zu sein. Was das für uns bedeutet, muß auch dem Dümmsten klar sein. Wenn Schottland sich zu Frankreich findet, ist das Bündnis mit den Spaniern gefährdet. In Spanien aber liegt das Gold, das Frankreich braucht. Mir ist ein Baske lieber als zehn Schotten. Zudem steht England noch im Kampfe gegen uns, und es ist nicht auszuschließen, daß das Bündnis Schottlands ein Winkelzug aus Londons Intrigantenschule ist. Uns liegt daran, in Frankreich das Erstehen einer zentralistischen Gewalt zu verhindern. Je mehr das Land in Herzogtümer und Adelssitze aufgeteilt ist, desto einträglicher sind die durch Steuern hereinkommenden Gelder.«

»Wie denkt Ihr Euch die Praxis?« fragte der Herzog von Orléans und fuhr, nachdem er eine Landkarte auf den Tisch gelegt hatte, fort: »Im Süden steht die Militärmacht Englands. Die Herzogtümer Gascogne und Guyenne, die Grafensitze Poitou, Périgord, Quercy, Rouergue, Bigorre sind in der Hand der Insulaner, deren Einfluß in der Bretagne über den Anjou und Berry hinaus bis zum Herzog von Auvergne reicht. Burgund und selbst die Picardie im Norden sagen sich von Karl und Ludwig los, und die Provence fühlt sich durch ihre Rhône-Grenze außerhalb des Staates. Habt Ihr die Macht, sie alle zu vereinigen, um sie dann doch einzeln zu regieren?«

Der Comte de Buron betrachtete die Karte. Sein zynisches Gesicht war angespannt, die Backenknochen traten deutlich hervor.

»Man wird«, sagte er nach einer Weile, »an England die Bretagne geben und ihnen auch die Grafschaft Flandern lassen. Zwei Küstenländer tauscht der Brite gern ein gegen einige für ihn längst nicht so wichtige Südprovinzen.«

»Flandern gehört dem Herzog von Burgund.«

»So wird man England helfen müssen, Flandern zu erobern.«

»Das heißt: ein Bruderkampf?«

»Na und?«

Der kühle, zynische de Buron zog kleine Kreise auf der Karte.

»An den Burgunder«, fuhr er fort, »grenzen nicht allein die Dauphiné, sondern Bourbon, Nevers und Orléans. Wenn man Burgund in diese vier Gebiete aufteilt, einen gleichgewichtigen Block zur Normandie und Île de France bildend, wird in Frankreich kaum noch die Meinung aus Paris gelten. Wir sichern jedem Herzog, jedem Grafen seine Souveränität – ihre Sitze im Königsrat sind die Stimmen, die entscheiden. Die Mehrheit ist ausschlaggebend. Kronrat ist der Herzog von Orléans. Die Krone kann nur Beschlüsse fassen mit dem Willen *aller* Fürsten. Die souveräne Macht des einzelnen ist damit abgelöst von der Regierung eines ganzen Volkes. Es ist ein neues, gleichgeschaltetes Gesetz des Solon.«

Der Comte räusperte sich und schloß: »Das größte Hindernis ist der Dauphin. Was er erstrebt, ist die ungeteilte Macht für ihn, die absolute Herrschaft, die euch alle zu willenlosen Puppen macht. Seine Freundlichkeit dem Volke gegenüber ist nur Heuchelei, er übt sie lediglich zum Schein, um später als Tyrann auf dem Thron zu sitzen.«

Er verstummte und sah den Herzog an. Dieser hatte sich über die Karte gebeugt und war mit dem Finger den Erläuterungen des Comte gefolgt. Jetzt blickte er auf und nickte, während er die Karte wieder zusammenrollte.

»Nicht übel, lieber Comte. Und wie denkt Ihr Euch den Beginn?«

»Vor allem muß die Ruhe in den Grenzprovinzen gewahrt bleiben, wenn dem König und dem Dauphin in Paris Unglücke zustoßen. Es wird sich ergeben, daß der König sich auf einer Jagd zu Tode stürzt, während der Dauphin auf der Galerie des Schlosses von vermummten Unbekannten angefallen und erstochen wird. Die Organisation dieses Vorfalles übernimmt unser Freund, der Präfekt.«

»Ja?« fragte der Herzog den kleinen Dickwanst.

Der nickte.

»Mit Vergnügen!« stieß er dabei grinsend hervor.

»Eines vermisse ich«, fuhr der Herzog, sich wieder an den Comte de Buron wendend, fort. »Ihr rechnet bei dem ganzen Plan nicht mit dem Anjou. Der Graf ist fähig, den verwaisten Thron als Erster zu besteigen und die Herrschaft an sich zu reißen; dies um so mehr, als ihm die Sympathien des Volkes sicherer sind als einem von uns. Dann rettet keine Ausflucht uns vor den Rädern.«

»Anjou wird kein Problem sein. Beim Signal zum Aufstand wird auch er durch Verschwörerhand fallen. Dafür ist gesorgt. Es wird ein blutiger eiserner Besen durch Frankreich fegen, dem keiner entgeht, dessen wir nicht sicher sein können.«

Der Mann unter der flackernden Fackel strich sich das Kinn. Nach einem Schweigen, das der entscheidenden Frage am wirkungsvollsten den Boden bereitete, sagte er mit schleppender Stimme: »Und wer wird, wenn das alles vorbei ist, König über das erneuerte Frankreich – zwar ohne Macht, aber mit allen Würden?«

»Der Herzog, der sich offen zu dem Plan bekennt – Ihr, Orléans!«

»Und Ihr, Comte de Buron?«

Burons von einem Achselzucken begleitete Antwort lautete: »Diese Frage bewegt mich nicht. Ich strebe keine neuen Ehren an. Mein Lohn wird die gestillte Rache sein. Das gleiche wird Euch auch der Präfekt erklären. Ihm genügt es, wenn er die Polizeigewalt über Paris behält.«

»Euch beide treibt also der Haß?«

»Hättet Ihr es lieber anders?«

»Im Gegenteil! Es gibt bei dem, was vor Euch steht, keine bessere und zuverlässigere Antriebskraft als den Haß. Er muß nur groß genug sein, und der Eure, scheint mir, ist das.«

»Bei Gott, das stimmt! So groß ist er, daß die Welt nicht weit genug ist, ihn zu fassen!«

»Der meine übertrifft den Euren noch!« mischte sich der Präfekt ein.

»Ihr, Comte, und Ihr, Präfekt«, sagte zufrieden der Herzog, erst dem einen, dann dem anderen auf die Schulter klopfend, »seid die richtigen Männer auf dem richtigen Platz. Ich sehe, wir können uns auf Euch verlassen. Gebt das Signal zur rechten Stunde. Gebt mir aber auch Bescheid, wenn ein Hindernis auftaucht. Es darf das große Werk nicht an Kleinigkeiten scheitern.«

Der Präfekt hielt plötzlich einen Pergamentbogen in der Hand und legte ihn auf den Tisch.

»Was ist das?« fragte der Herzog.

»Die Abschrift eines Gedichts von Chartier.«

»Chartier? Das ist doch der, mit dem die Dauphine im Bois –«

»Unzucht getrieben hat«, fiel der Präfekt ein. »Ich kann und will es nicht anders sagen.«

»Ganz Frankreich ist voll davon, ja, ich weiß, der Pöbel ist begeistert.«

»Der Pöbel wird noch begeisterter werden, und das macht mir Sorgen. Ich baue auf ihn in meinen Plänen. Chartier hat, konnte ich ermitteln, mit seinen Versen einen großen Einfluß auf die Dauphine. Außerdem soll er neuerdings auch vom Dauphin selbst an den Hof herangezogen werden. Dadurch kann er sich zu einem für uns sehr unangenehmen Verbindungsglied zwischen dem Schloß und der Straße auswachsen. Seine Gedichte befähigen ihn dazu. Dieses hier«, sagte der Präfekt, auf den

Pergamentbogen zeigend, »ist ein Musterbeispiel. Ich neige dazu, die Gefahrenquelle zu verstopfen. Was haltet Ihr davon?«

»Ihr wollt den Dichter verschwinden lassen?«

»Spurlos, ja. Das wäre kein Problem.«

Der Herzog überlegte ein Weilchen. Dann las er erst einmal das Gedicht.

»Nicht übel«, sagte er daraufhin, von zwiespältigen Gefühlen erfüllt, und reichte den Bogen an einen seiner Begleiter weiter. »Ich werde mich selbst um den Mann kümmern. Ihr, Präfekt, laßt also vorläufig die Finger von ihm. Ich denke, ihn zur Vernunft bringen zu können, in unserem Sinne, meine ich.«

Der Herzog blickte sich im Kreise um.

»Sonst noch etwas?« fragte er alle.

Keiner brachte mehr etwas vor, die Sitzung konnte also sozusagen geschlossen werden. Der Herzog gab mit einem Wink das Zeichen dazu, sagte aber dabei ironisch zum Präfekten: »Falls uns Euer Gnaden erlauben, die Höhle hier zu verlassen.«

»Ich?« stotterte der Präfekt verwirrt. »Ich, wieso, was meint Ihr damit?«

»Ihr habt doch Eure Leute im Tunnel postiert, um mich festzusetzen. Oder wißt Ihr das nicht mehr?«

Nein, das hatte der Präfekt völlig vergessen. Rasch trat er zum Eingang und rief in den Tunnel ein paar Worte hinein, die zur Folge hatten, daß das Geräusch sich entfernender Schritte vernehmbar wurde.

»Vergebt mir«, sagte der Präfekt verlegen zum Herzog.

»Kein Grund«, antwortete dieser zynisch. »Es war gesorgt worden für einen Kreis, den hinter Euren Leuten Leute von mir bildeten. Keiner von euch hätte notfalls das Gelände lebend verlassen.«

Verschwörer unter sich...

Als Jeanette ihn zum erstenmal sah, dachte sie nicht an einen Menschen, sondern an einen Vogel. An einen riesigen, erschöpften, waidwund geschossenen Raben etwa, dem man die Schwingen gebrochen hatte. Eine schwarze, unförmige, nicht zu deutende Form war es, die dort am Brunnenrand in ihrem kleinen Garten kauerte, vielleicht auch eine Vogelscheuche, die ein Bauer weggeworfen hatte?

Auf Zehenspitzen ging sie näher. Nun ein Geräusch, leise, krächzend, erschöpft und in höchster Not. Eine Vogelstimme? Nur das Husten wollte nicht dazu passen.

Jeanette öffnete die Gartenpforte und bewegte sich vorsichtig, auf Zehenspitzen, mit angstpochendem Herzen. Das Schwarzschimmernde erkannte sie nun, war kein Gefieder, sondern Tuch. Teures Tuch. Ein wenig grünlich vom Gebrauch vielleicht, aber fein. Darauf verstand sich Jeanette. Ein Teil des Tuches, der, den sie für einen Flügel gehalten hatte, hing über dem Rosenstrauch neben dem Brunnen. Nun sah sie auch einen Schuh. Einen Schuh mit Silberschnalle.

Ein Herr. Schwarz – das Zeichen der Gelehrsamkeit. Ein gelehrter Herr also? Womöglich ein Magister der Sorbonne? Und das in ihrem kleinen Garten in Neuilly?

Wieder dieses krächzende Rasseln. Und der Husten...

Nun richtete sich der Vogelmensch auf. Zum Vorschein kam ein mageres, spitzes, unrasiertes Gesicht, in dem ein paar dunkle Augen brannten und ein in Atemnot geöffneter Mund mit bläulichen Lippen. Eine hohe Stirn sah sie auch, zerfurcht von den Falten der Qual und eingerahmt von dicken, schwarzen Locken, in die sich schon viel, viel Grau mischte.

Die Erscheinung versuchte sich zu erheben. Und sie

gab sich alle Mühe. Doch hätte Jeanette nicht zugegriffen, wäre sie wieder in sich und in all ihre schwarzen Tuchfalten zusammengesackt.

Jeanette Mellier hielt fest.

»Oh... danke... danke, Demoiselle... Ich bedaure...«

Husten. Und was für ein Husten! Ein Husten, der sich so schrecklich steigerte, daß die Lippen wieder blau wurden und Jeanettes Herz sich vor Furcht und Mitleid zusammenkrampfte. »Herr! Wollt Ihr Euch nicht in meinem Haus niederlegen? Es ist sicher besser... Ist ihnen nicht gut?«

»O doch, o doch... Ich wollte... wollte hier nur einen Schluck Wasser...«

Und wieder das grausame Röcheln.

»Der Husten... ach ja. Er ist wie Regen oder Wolken... kommt und geht...«

Sie fühlte sein Zittern. Schwarzes Tuch, Schnallenschuhe, ein weißer Kragen – doch alles ziemlich verschmutzt. Und dieses magere, flehende Gesicht mit den dunklen Augen.

»Mein Name ist...«

Sie verstand nicht.

»Ich bin...«

»Ist schon gut, ist schon gut.«

Sie wußte ja, was er war: Ein Magister, ein Gelehrter des Rechts. Ob kirchlich oder weltlich, ob von der Pariser Sorbonne oder sonst wo her, was spielte es für eine Rolle? Was scherte es sie?

Doch was tat er hier?

»Ich wollte nur ein wenig Wasser...«

»Ja«, sagte sie entschlossen, »aber mit oder ohne Wasser, in dem Zustand kommt Ihr keinen Schritt weiter.«

Jeanette Mellier war jung, gerade zwanzig, und wie

alle Bretonen besaß sie einen entschlossenen und untrüglichen Sinn fürs Praktische.

»Kommt! Ich führe Sie.«

Und so betrat Alain Chartier, ehemaliger Sekretär des Königs und Freund des mächtigen Bischofs von Reims, bei beiden in Ungnade gefallen, doch noch immer einer der berühmtesten Dichter Frankreichs, ein Meister der Sprache, dessen Lieder in den Gassenschenken wie in den Salons der Bürgerhäuser und Schlösser vorgetragen wurden, das Haus einer kleinen, unbekannten Brokatstickerei am Rande von Neuilly. Die Wanderschaft, die er dem mageren, schmerzgeschüttelten Körper abgerungen hatte, war zu Ende.

»Reiner wie Schnee ist die Haut, die mich entzückt«, schrieb er bereits drei Tage später am Steintisch hinter Jeanette Melliers Brunnen: »Sonne nistet in den Locken wie die Vöglein in den Zweigen, die Götter haben Dich auf meinen Weg geschickt, um mir das Tor des Himmels zu zeigen...«

So was! dachte Jeanette Mellier, als er die Worte vortrug und sie, noch immer hustend, in die Arme schloß. Und meine Sommersprossen hat er einfach weggelassen...

Im Juli war es gewesen. Vor all den Ewigkeiten eines ganzen Jahres. In diesem langen, glücklichen, aufregenden und sonderbaren Jahr hatte Jeanette erfahren, was es heißt, mit einem Poeten, ob berühmt oder nicht, zusammenzuleben.

Spaß, o ja. Aber auch Ärger. Unendlichen Ärger. Und Entsagung. Und Sorgen ohne Ende. Die Sorgen, die sich die Mutter um das Kind, die Amme um den Säugling macht.

»Jetzt hör mal, Alain! Wir aus der Bretagne sind zwar die besten Ammen Frankreichs, aber so kann ich...«

»Ich denke, die kommen aus der Normandie?«

»Wer kommt aus der Normandie?«

»Die besten Ammen Frankreichs.«

»Dann, zum Teufel, such dir dort eine! Eines steht jedenfalls fest: Wenn du so weitermachst, jede Nacht schreibst und tagsüber stehenläßt, was ich dir koche, oder einfach durch die Gegend läufst, rüber in den Wald, runter zum Fluß oder wo immer du so rumtrabst wie ein blinder Esel...«

»Bin ich nun mal, ein blinder Esel. Das Bild ist sehr treffend.«

»...rumtrabst«, fuhr sie unerbittlich fort, »ohne zu wissen, wo du bist, ob überhaupt auf der Welt oder irgendwo in den Wolken, dann schließ ich nachts die Kerzen weg und dich am Tag im Haus ein. Ist dir das klar?«

»Irgendwo in den Wolken«, hatte er nur gemurmelt und sie zärtlich angesehen... Das war es nun mal und vielleicht auch der Ausgleich für all die Mühe, die sie mit ihm hatte: Niemand konnte so zärtlich blicken, so zärtlich sein, kein Mann konnte eine Frau so beglücken wie Alain Chartier, der Dichter.

Jeanette dachte das auch heute, am Jahrestag ihrer Liebe. Vor einem Jahr hatte er sich in ihrem Garten niedergelassen, dieser sonderbare Vogel. Das wollte gefeiert werden. Dazu hatte sie auch noch frei. Maître Dumont, der Patron, das ›Rüsselschwein‹, wie Chartier ihn wegen seines unheilbaren Drangs, den Arbeiterinnen unter die Röcke zu greifen, nannte, war wieder mal an der Galle erkrankt. Um so besser. Jeanette hatte sich ein Huhn besorgt und eine Flasche Wein. Das Huhn war längst fertig, der Wein kühlte seit Stunden entpfropft im Wassereimer am Brunnen – aber von Alain war weit und breit nichts zu sehen.

Alain? Liebes-Verrückter, kranker, ewig zerstreuter Alain – wo steckst du?!

Ja, wo wohl? Weit und breit war von ihm nichts zu sehen...

Zunächst bestand Jeanette nur aus Sorge. Dann spürte sie den Zorn, und der war wie eine Kröte, die ihr aus dem Magen in die Kehle hochkroch und ihr die Luft nahm.

Der Teufel soll dich holen, Chartier!

Nein, das nicht. Aber wieso, warum eigentlich machte sie sich noch Sorgen um diesen hustenden Dichter? Aus Gewohnheit. Wieso denn sonst? Es war doch immer das gleiche... Oder weil sie zu Hause in Saint Laurent sich auch immer Sorgen machen mußte. Weil sie als die Älteste der sieben Gören, die der Stadtschreiber von Saint Laurent in die Welt gesetzt hatte, schon in ihrer Jugend für alles verantwortlich gemacht wurde, was geschah. Für die Streiche, für die Frechheiten, den Hunger, die aufgeschlagenen Knie und die Dummheit der anderen. – Ja, die Dummheit!...

Wutentbrannt warf Jeanette ein Tuch über das Huhn. Was half das schon? Sie hatte es längst vom Feuer genommen. Es war kalt.

Sie rannte hinaus in den Garten, rannte durch das kleine Spalier von Rosensträuchern, die schon Tante Marie gepflanzt hatte, der das Haus einst gehört hatte, rannte bis zur Gartenmauer und erstieg den großen Stein, auf dem schon die Tante und nun auch Chartier zu sitzen pflegte, um das Gesicht in der Sonne zu baden.

Sie wandte den Kopf nach rechts und sah die Straße entlang, die in sanften Schwüngen am Friedhof vorbei hinüber nach Neuilly führte.

Nichts.

Nun sah Jeanette über all die Felder auf denen goldgelb der Raps stand.

Wieder nichts.

Doch links...?!

Links führte der Weg ziemlich gerade einen kleinen Hügel hinauf, um dann vom Bois de Boulogne verschluckt zu werden. Und auf der Hügelkuppe erschien ein schwarzer Strich. Ein schwarzer Strich, der sich bewegte.

Ein Bauer? Nein, das war kein Bauer. Dazu war der Strich viel zu schmal. Und außerdem, er tänzelte. Bauern tänzeln nicht... Jetzt, bei der Heiligen Jungfrau, jetzt sprang der Strich auch noch hin und her.

Das war Alain! Ein Alain in bester Laune.

Jeanettes Wut wuchs ins Unermeßliche. Niemals war sie so zornig auf ihren Dichter gewesen wie in dieser Minute.

Sie sprang von ihrem Stein herab, schürzte den Rock und lief hinüber zur Gartenpforte.

Und da war er schon, keuchend, aber nicht hustend. Und das Gesicht war auch nicht blaß, rot war es vor Freude. Die dunklen Augen funkelten verliebt. Verliebt auch wollte er sie in seine Arme ziehen.

»Laß das.«

»Was soll ich lassen?«

»Laß mich los, Herrgott!«

»Will ich aber nicht. Ich sehe gar keinen Grund...«

Die Hand mußte sie gegen seine magere Brust stemmen, um frei zu werden.

»Du siehst keinen Grund? Aber ich. Hast du mir nicht versprochen, pünktlich zum Essen zu kommen?«

»O nein...«

»Was – o nein?«

»Hab' ich das wieder vergessen?«

»Wieder«, sagte sie erbittert. »Dein ewiges ›Wieder‹. Es langweilt mich. Das Huhn war ja kein gewöhnliches Huhn. Und der Wein, den ich holte, auch nicht. Ich hab' mir freigenommen. Ich wollte mit dir feiern...«

»Feiern? Wirklich? – Was denn?«

Er sah sie an mit weit aufgerissenen Augen und mit dem gleichen, töricht erschrockenen Blick, mit dem sie Paul, ihr kleinster Bruder immer ansah, wenn er etwas ausgefressen hatte. Was ließ sich gegen solche Augen, gegen so viel kindliche Dümmlichkeit, gegen so viel Ignoranz schon tun?

»Jeanette!«

»Nein...«

»Bitte, bitte, Jeanette... Es tut mir ja so leid. Wirklich. Aber ich war im Bois de Boulogne. Auf einer Bank. Und da...«

Er wurde plötzlich stumm.

»Also was?«

»Und auf der Bank bin ich eingeschlafen. Aber ich habe dir auch etwas mitgebracht.«

Er griff in seinen Mantel und holte ein zerknülltes Stück Papier hervor. »Ich hatte nämlich einen schrecklichen Traum. Den üblichen Alptraum... Aber dann, ganz plötzlich, war das alles vorbei, und es wurde mir so wohl. Und ich war richtig, richtig glücklich.«

»Glücklich? – Na, wunderbar.«

»Ja. Und als ich erwachte, schrieb ich ein Gedicht. Ein kleines Sonett. Für dich – nein, an dich. Es soll ausdrükken, was ich empfinde, wenn...«

»Ich will kein Sonett. Ich will keine Worte.«

»Dann will ich auch nicht dein Huhn.«

»Das ist ohnehin schon kalt. Und der Wein, der ist sicher warm.«

»Na und?« sagte er, blickte sie an mit diesem Blick,

dem sie nie widerstehen konnte. Und lachte noch dazu. Fühlte sich ganz offensichtlich wohl. Traum oder Wirklichkeit, was machte das schon, Hauptsache, er fühlte sich wohl.

So war er herangetänzelt, so sah er jetzt aus. Und dann...

Dann dachte Jeanette nicht weiter. Auch ihr Zorn erlosch.

Etwas Unglaubliches war geschehen.

Alain, der Dichter, Alain, der Kranke, Alain, der Träumer, Alain, diese Monstrosität hatte sie plötzlich von der Gartenpforte gerissen und hochgehoben. – Ja, sie schwebte, sein linker Arm war unter ihrem Knie, der rechte unter ihren Schultern. Alain trug sie.

Jeanette schloß die Augen. Sie konnte es nicht fassen. Woher nahm er diese Kraft? Nie hatte er sie hochgehoben, nicht einmal versucht hatte er das. Und wie auch?

»Laß mich! Du spinnst ja, Alain Chartier!«

»Und ob...«

Ja – und ob.

Er trug sie tatsächlich zwischen den Rosen hinauf zur Haustür, stieß sie mit dem Knie auf. Und da war die Stube, dort das Huhn.

Alain aber hustete nicht, und er brach auch nicht zusammen. Er stellte sie auch nicht zu Boden. Und er hatte noch immer dasselbe verliebte Lächeln, in dem irgend etwas Überirdisches zu strahlen schien. Ja, Überirdisch! Das mußte es ja sein. Nicht einmal seine Arme zitterten.

»Weißt du, das war ein sehr guter Traum. Von einem Falter. Und ich finde, deshalb solltest du das Gedicht schon lesen.«

Sie schüttelte den Kopf. Wenn sich dieser Kopf etwas vorgenommen hatte oder etwas ablehnte, war nichts zu machen.

Alain wußte das nur zu gut.

»Na gut«, sagte er, »dann ohne Essen«, und trug sie hinüber ins Schlafzimmer...

IV

Dunkle Nacht hüllte das kleine Bauernhaus am Rande von Neuilly ein, und die verzweifelte Jeanette rang ihre schmalen Hände und kniete zum hundertsten Male vor dem verschwommenen Marienbild im Winkel der nur schwach erhellten Stube nieder. Die kleine Ampel mit dem nie erlöschenden Kerzenlicht schwankte in einem leisen Luftzug hin und her. Gewachstes, rotes Überzugspapier färbte den Schein, der auf das so milde lächelnde Gesicht der Gottesmutter fiel. Im Hintergrund, auf einem breiten Bauernbett inmitten stark zerwühlter und mit Blut bespritzter Decken lag mit eingefallenen Wangen, blaß und totenähnlich, regungslos und kaum noch atmend Alain Chartier, der Dichter.

Ein neuer Anfall seines Leidens hatte ihn aufs Krankenlager geworfen. Aus dem zitternden offenen Mund quoll ihm das Blut, ständiger Husten förderte immer wieder neues zutage und rüttelte den ganzen armseligen Körper durch. Der Blutsturz hatte ihm das Bewußtsein geraubt. Nun lag er da, und aus dem Stundenglas seines Lebens rann unaufhaltsam Körnchen um Körnchen.

Jeanette, seine Geliebte, die hier Unterkunft gefunden hatte, glaubte mit verzweifeltem Gebet das Unvermeidliche abwenden zu können.

Der Medicus, der vor einer Stunde erst gegangen war, hatte nur die Achseln auf Jeanettes bange Fragen gezuckt. Seine Worte waren das Todesurteil für Chartier gewesen.

»Er muß hier weg. Paris ist sein Verderben. Er braucht bessere Luft, bessere Ernährung, vor allem aber auch Ruhe. Der Süden bietet das. Gift ist auch die Liebe für ihn, das sage ich mit besonderem Nachdruck dir, gutes Mädchen. Veranlasse ihn, Paris zu verlassen. Die Stadt ist sein Verderben, ich wiederhole es. Sag ihm das. Ob es dir allerdings gelingt, ihn umzustimmen, bezweifle ich.«

Als ob es daran läge, hatte sich Jeanette gedacht. Woher sollen wir das Geld nehmen? Das ist die entscheidende Frage!

Trotzdem hatte sie rasch ein paar Bündel zusammengepackt und für den frühen Morgen beim Fuhrmann einen Wagen bestellt, der sie beide in aller Heimlichkeit, damit für die in nächster Zukunft benötigte Ruhe und Ungestörtheit gesorgt war, entführen sollte zu einer Tante in Beaulieu. Dann hatte sie sich wieder vor der Gottesmutter auf die Knie geworfen oder abwechselnd mit gekühlten Tüchern die heiße Stirn Alains betupft und ihm lauwarm die eingefallene, kaum mehr sichtbar atmende Brust – wenn er nicht hustete – gewaschen.

Ein feines Lächeln breitete sich endlich von den Mundwinkeln des Bewußtlosen über die Wangen aus, ein warmer Schein hellte das wächserne Gesicht ein wenig auf. Wie flüsternd spielte der Mund mit kleinen Formungen. Die schmalen, blau geäderten Hände tasteten über die gewaschene Brust.

»La vie...« Der erste Seufzer, das erste verständliche Wort.

»Leben...« Der erste Strahl der wiederkehrenden Besinnung. Eine kurze und doch so aufwühlende, zum Jubel Anlaß gebende Hymne, eingehüllt in Röcheln. »Leben...«

V

O Leben... süßes Leben...

Jeanette Mellier dachte es wieder und wieder.

Vor ihrem Schrank stand sie und zerrte in Hast ihr schönstes Umschlagtuch heraus. Blaue Seide mit hellblauen Rosen, von ihr selbst bestickt. Das Leben... Das süße Leben? Und Tränen rannen erneut über ihr Gesicht. Es waren ja nicht nur die Tränen der Angst und ihrer grenzenlosen Liebe zu Alain, es waren auch Tränen des Zorns: Er war schuld. Doch war er es ganz allein? Hatten ihm nicht die Ärzte – es war ja nicht nur der Dorf-Medicus von Neuilly, es waren die berühmtesten Köpfe der Sorbonne –, hatten sie nicht alle im Chor verkündet, er müsse auf seinen Körper achten, die Kräfte einteilen, vorsichtig mit sich umgehen und mit der Zeit, die ihm noch verbleibt? Und was tat dieser Wahnsinnige? Lief den ganzen Tag durch den Wald, um dann, statt etwas Ordentliches zu essen, sich auf eine Bank zu legen, zu schlafen und zu träumen. Und anschließend? Anschließend schreibt er natürlich ein Gedicht...

Und dann? Dann, dann...

Ja, das Leben, dieses verdammte, süße Leben...

»Ich hab' dir ein Gedicht geschrieben, Jeanette. Ein Sonett.«

Kam nach Hause mit einem Gedicht. Und es genügte ihm noch immer nicht. Wie auch? Er war ja Alain Chartier! Und so mußte er sie wie ein Hitzkopf von Student auch noch auf die Arme nehmen, von der Straße hinweg durch den Garten, vom Garten ins Haus und von der Stube ins Schlafzimmer tragen.

Ach Leben, süßes Leben!

Und sie? Sie hatte es auch noch zugelassen, mit pochendem Herzen, rot vor Aufregung, dumm wie irgendeine Bauernbraut, sie, die seinen Zustand noch besser kannte als alle anderen. O ja, sie trug mit an dieser Schuld...

Auf Zehenspitzen ging sie zum Schlafzimmer. Öffnete ganz leise die Tür. Sein Gesicht lag im Schatten.

Er schlief.

Er würde, er mußte gesund werden. Heilige Jungfrau, hilf!

Das Haus des Webermeisters und Tuchhändlers Michel Dumont war eines der reichsten Bürgerhäuser des kleinen Ortes Neuilly bei Paris.

Das Bemerkenswerteste an ihm war die Mauer, die Gebäude, Stallung und das sich daran anschließende Atelier umschloß, in dem ein Dutzend junger Mädchen wie Jeanette sich Tag um Tag die Finger wundstachen, um Brokatseide mit feinen Mustern, mit Wappen, Lilien, mit Rosenranken und Fabeltieren zu bestikken.

Das Bemerkenswerteste an dieser Mauer wiederum war das Relief des Heiligen Sankt Martin.

Es war gleich neben dem Tor, der Straße zugewandt, in die Steine eingelassen und zeigte einen Reiter, der mit dem Schwert seinen Mantel zerhieb. Ein prächtiges Kunstwerk, fürwahr! Und es hatte viele Bewunderer, selbst aus Paris, gefunden. Denn schließlich: Hatte es nicht der berühmte Rimbaud mit eigener Hand geschnitzt und bemalt, derselbe Rimbaud, der auch die Kirchen der Hauptstadt mit seinen Altarbildern schmückte? Und Michel Dumont – einen ganzen Beutel Goldfranken hatte er bezahlt, um den Heiligen Martin an die Mauer zu bekommen.

Da ritt er nun und wurde, zur höchsten Zufriedenheit von Maître Dumont, von allen bewundert.

Schon das herrliche blaue Tuch mit dem Goldsaum! Sah es nicht aus wie Brokat?

Und den Brokat zerschnitt der Heilige, um einen Frierenden damit zu bedecken?

Nun war Dumont alles andere als ein Heiliger, aber es gefiel ihm, mit dem Erwerb dieses Reliefs die Vorstellung anzureichern, die er von sich selbst entwickelt hatte.

Zwar war er nicht so schlank wie der Reiter, das gewiß nicht. Dafür aß er nun mal viel zu gerne. Andere sagten, er fresse, denn wenn er aß, dann kannte er keine Grenzen. Und mit dem Trinken verhielt es sich nicht sehr viel anders. Doch ein Bauch, der ziert den wahren Mann! Dies zum einen. Zum andern aber – hatte er sich nicht sein Leben lang als ein wahrer Mäcenas bewährt und den Mantel seines Wohlwollens geteilt, beschützte und wärmte seine Fürsorge nicht viele Arme und Hungernde, vor allem wenn sie zum weiblichen Teil des Menschengeschlechts gehörten und hübsch und jung waren?

So wie Jeanette Mellier zum Beispiel...

Gerade war sie atemlos und zitternd vor Furcht um das Leben ihres Geliebten am Tor des Patrons angelangt.

Ihre Hand umkrampfte einen kleinen Beutel. Der aber enthielt nur Kupfermünzen, gerade eine Handvoll und war doch alles, was sie noch an Barem besaß.

Ganz gegen ihre Gewohnheit warf sie einen Blick auf den behelmten Heiligen, der wie immer das Tuch zersäbelte.

Jeanette überlegte sich ein Stoßgebet. Nichts rechtes wollte ihr einfallen, nichts rechtes, nur das ewig gleiche: Heiliger Jesus, laß Dumont zu Hause sein! Aber das muß er schließlich... Ist ja krank... Und wehe, wenn er dir keinen Vorschuß gibt oder wenigstens deinen Restlohn rausrückt... Was dann? O Gott!... Sie hatte es bereits auf dem ganzen Weg vor sich hergebetet. Sie lief durchs Tor.

»He, Jeanette! Was ist denn los mit dir?«

Ja, was nur? Selbst den jungen, kräftigen, blonden Kerl, der da am Tor lümmelte, hatte sie übersehen. Und das war nun wirklich nicht einfach, denn Blaise, ein fröhlicher Gascogner, der bei Dumont den Dienst des Kutschers versah, war himmellang. Bis heute hatte sie ihm nicht einbleuen können, daß es nichts nutzte, mit ihr zu kokettieren. Aber das tat er wohl mit allen Frauen.

»Der Alte«, sagte sie, »ist er da?«

»Natürlich ist er da. Der leidet. Wieso denn?«

»Das braucht dich nichts anzugehen.«

Sie blieb stehen. Sie hatte den Planwagen entdeckt, der gerade mit Tuch beladen wurde.

»Fährst du weg?«

»Ein kleiner Ausflug nach Paris. Komm mit! Was hältst du davon?«

Auch dafür hatte sie keine Reaktion. Und schon gar keine Antwort. Sie rannte los.

»Er sitzt auf der hinteren Terrasse!« schrie ihr Blaise nach. »Geh rauf. Er wird sich freuen. Zumal er dich schon zwei Tage nicht mehr gesehen hat.«

Michel Dumont. Meister Michel Dumont. Michel Dumont – Rats- und Standesherr, Kirchenbeirat in Neuilly, Kaufherr vor allem, einen Dumont kennt man bis hinauf nach Brabant, ja bis hinüber in die Weber-Kontore von Manchester in England, bis hinunter ins ferne Genua, wo sie die Tuche der Lombardei und die Seide aus dem fernen China verschiffen. Dumont, zwei Zentner sattes Fleisch, die Augen wie Schießschartenschlitze ins speckstarre Gesicht geschnitten. Und das waren Augen, in denen ein Licht funkelt, wie in den Augen einer beutelüsternen Pestratte, die auf der Lauer liegt – doch manchmal öffnen sich die Augen in dem runden Gesicht plötzlich und überraschend wie dunkle Pfützen bei Regen.

Jetzt zum Beispiel.

Jetzt, als Jeanette Mellier hinter den Geißblattranken im Garten auftauchte.

Den Hof hatte sie überquert. Zunächst das bucklige Pflaster mit den von ungezählten Wagenrädern in den Stein geschnittenen Fahrrinnen. Uralt, so wie die Grundmauern, die den großen, spitzgiebligen Fachwerkbau in der Rue Saint Martin trugen. Sie stammten noch aus den Zeiten der alten Kapetinger-Könige, die hier ihre erste Posthalterei für den Verkehr nach Rouen eingerichtet hatten. In dem langen, dickmaurigen Gebäude aber, in dessen Innerem einst die Postpferde gefüttert wurden, stickten nun Tag um Tag die Arbeiterinnen sich die Finger wund, über seidenschimmernde Stoffbahnen gebeugt, endlose Tage, Wochen, Jahre lang, so lange, bis ihre Leiber so krumm und verbogen aussahen, daß sie kein Mann in Neuilly oder sonstwo noch haben wollte. Daneben, in der alten Remise der Posthalterei, lagerten Ballen von Tuch. Tuch aus Brabant, Tuch aus Lyon, Gent oder Brügge, selbst Baumwollspitze aus Sankt Gallen. Samt, Seide und Brokat, die vornehmen Stoffe der Aristokraten und der reichen Bürger und ihrer Damen hielt der dicke Michel Dumont vorsichtshalber im Haus unter Verschluß.

In Jeanettes Herz war nun alle Angst erloschen. Ganz sicher setzte sie die Füße auf, rutschte nicht einmal auf dem blankgeschliffenen Pflasterstein und hatte nun ohnehin bereits den Marmor unter den Füßen, der sich vom

Haus zum Garten zog und über den die Sonne einen perlmuttfarbenen Schleier zauberte.

Es war der Marmor, der zur Terrasse führte. Geißblatt wuchs hier. Weinstöcke schlangen sich an Säulen empor, und im Hintergrund leuchteten Rosen.

Nun werden wir ja sehen..., dachte Jeanette.

Und sie sah nun auch. Im Sessel sah sie ihn sitzen, den fetten Leib in das fließende Seidengrün eines Hausmantels gekleidet, Seidenschlingen auch um den breiten Schweinekopf, weiße und grüne Seide, halb arabisch, ein Mittelding zwischen Schlafmütze und Turban, und so, in dieser sonderbar pompösen Aufmachung, verlor Michel Dumont alles Menschliche und wirkte auf sie wie eine dieser grauenerregenden, heidnischen Götzen, die sie aus den Büchern ihres Vaters, des Schreibers von St. Laurent, noch kannte.

Auch dieser Anblick vermochte den Mut in ihr nicht zu ersticken. Unabweisbar, gleich einer Kompaßnadel, wies er die Richtung. Was immer das Trüffelschwein auch sagen würde, Geld mußte er herausrücken. Jawohl, mußte!

Denn was schon wäre wichtiger auf dieser Welt, als Alain Chartier zu retten, als ihn dorthin zu schaffen, wo er hingehörte, hinauf in die Berge von Beaulieu, wo die sanften Winde vom Tal der Loire seinen gemarterten Lungen Balsam sein werden.

»Du?«

»Ja, ich, Maître Michel. Und verzeiht die Störung.«

»Was?... Wie war das? Eine Störung soll es sein, wenn du beliebst, wieder einmal zur Arbeit zu erscheinen?«

Der kleine, aufgeworfene Mund verzog sich. Die Unterlippe hing noch tiefer. Wehleidig und feuchtschimmernd.

»Ich komme nicht zur Arbeit, Meister Michel.«

»Nein? Zu was dann? Darf ich das vielleicht erfahren?«

Jeanette begegnete diesem Blick. Der Rattenblick. Ein gefährliches Glitzern, sprungbereit und grausam amüsiert zugleich. Dann aber zerfiel plötzlich das Gesicht zu einer Schmerzgrimasse, die Hamstertaschen begannen zu zittern, Falten durchgruben die Stirn, und unter diesem lächerlichen, grünen Karnevalsgewand bewegte sich die Hand suchend über den dicken Leib, verkrampfte sich, blieb still.

Und nun das Stöhnen.

Und dann: »Ich leide... Oh... Oh – dieser Schmerz. – Da drüben, meine Medizin. Dort im Glas... Nun gib sie schon.«

Jeanette brachte das Glas.

Er trank es leer und wischte sich mit dem Handrücken die Tropfen vom Mund. Dann schloß er die Augen, verfiel in Schweigen, das nur der schwere Atem und das flirrende Rauschen von Taubenflügeln über dem steilen Dach des Wohnhauses unterbrach. Noch immer fühlte Jeanette keine Furcht und wunderte sich darüber. Sie brauchte das Geld. Und sie würde ihn wachschütteln, wenn es nicht anders ging.

»Frißt, säuft und hurt sich zu Tode.« Isabeau, die alte Magd des Maître, hatte das gesagt. »Bald kann er auf den cimetière und dort Frieden mit seiner Frau schließen...«

Maître Michels Frau lag schon lange auf dem Friedhof. Selbst Tante Marie aus Beaulieu, deren Fürsprache Jeanette die Arbeit bei ihm verdankte und deren Haus am Bois sie nun auch bewohnen durfte, selbst Jeanettes eigene Tante hatte von den zahlreichen Maitressen gehört, mit denen Michel Dumont das Bett geteilt und seine Frau zu Tode gequält hatte.

An diese Tante Marie dachte Jeanette jetzt.

Zu Tante Marie nach Beaulieu würde sie Alain morgen bringen. Mußte sie...

Und wie hatte die Tante immer gesagt? »Dumont begreift nur eines: Härte. Bei anderen begegnet er ihr nie. Er wendet sie nur selbst an. Doch kommst du ihm so, wie er's verdient, wird er weich wie Butterschmalz, dieser Feigling. Was glaubst du denn, wie ich mein Haus bekommen habe?«

Frißt, säuft, hurt sich zu Tode?

Nun gut. Sollte er... Aber zu schnell auch wiederum nicht.

Nicht heute. Nicht jetzt...

Gepackt von der dunklen Ahnung, die in ihr aufquoll, bewegte sich Jeanette zu der reglosen Gestalt im Sessel. Sie näherte sich auf Zehenspitzen. Das fette Gesicht Dumonts hatte seine Grimasse verloren, das Fleisch schien von den Knochen zu hängen, und gerade diese Schlaffheit, die ihr viel besorgniserregender schien als der schmerzverzerrte Ausdruck vorher, ließ ihr Herz am Hals pochen.

»Patron?«

Was war nur mit ihm?

Er wird doch nicht...?

»Maître Michel?«

Sie flüsterte es nur. Oh, diese Gesichtsfarbe! Ein blasses, schreckliches Violett. Und dann der Mund? Die Winkel hingen nach unten, und aus dem rechten tropfte Schleim. Aber er atmete, lebte, noch... Wie lange? Ein feines Röcheln war es, nicht mehr.

Jeanette hob die Hand, um ihm die Fingerspitzen an den Hals oder an die Schläfe zu legen, so wie sie es bei dem Medicus gesehen hatte, wenn er Alain besuchte. Aber der Anblick der schweißfeuchten Haut flößte ihr einen solchen Widerwillen ein, daß sie es unterließ. Bleib am Leben! Ihr praktischer bretonischer Verstand dachte es in zorniger Empörung. Kratz mir nur nicht ab. Zu jeder Zeit, wann immer du willst – nur nicht jetzt, wo Alain und ich das Geld so dringend brauchen.

»Patron!«

Dies sprach sie nicht leise, sie schrie es. Und dann legte sie die Hand auf seine Schulter, um ihn zu schütteln.

»Patron! Maître Michel! Ich brauch' doch Geld. Mein Geld.«

»Geld...« Ein Zittern durchlief den koloßartigen Körper, ein wenig hob sich der Kopf, so wie ein sterbendes Schlachtroß es tun mag, das zum letztenmal den Ruf der Trompete hört. »Geld... mein Geld...«

Die Augen öffneten sich, dies ja, doch ob sie aufnahmen, was sie erblickten? Ein schrecklicher, milchfarbener Schimmer schob sich über die Pupillen.

»Maria, hilf«, flehte Jeanette, um dann endlich zu erkennen: Von dem bekommst du nichts. Nein, nichts ist hier zu holen. Kein Dukaten, kein Thaler, kein Goldfranken, kein Kupferpfennig, nicht mal ein Sou – nichts!

Sie drehte sich um. Isabeau? Warum zeigte die Magd sich nicht? »Isabeau«, müßte sie jetzt rufen, »komm, hol den Arzt«.

Isabeau war nirgends zu sehen.

Na dann... Jeanette seufzte. Mitleid mit dem Trüffelschwein? Nun, wie denn? Aber wenn du dein Geld hier nicht bekommst, mußt du es woanders suchen.

Sie wußte auch, wo.

So lief Jeanette Mellier wieder über den Marmor und die Pflastersteine zurück zur Hofeinfahrt, wo noch immer der Wagen mit Tuch beladen wurde und Blaise, der Gascogner, mit den Knechten Witze riß.

Er sah ihr entgegen und verstummte. Und dann fragte er: »Was ist denn mit dir?«

»Was soll denn sein?«

»Du zitterst ja. Ganz blaß bist du auch.«

»Nun ja.« Mehr gab es nicht zu antworten.

»Und der Alte? Hast du mit ihm gesprochen?«

»Ging ja nicht.«

»Warum nicht?«

Sie zögerte. »Der schläft«, log sie dann. Und wie es sei, ob er sie nach Paris mitnehme?

Dies, verkündete der Gascogner mit einer übertriebenen Verbeugung, sei ihm nicht nur eine Ehre, sondern ein Vergnügen. – Die Packknechte grölten...

Der Gascogner band die Pferde zwischen all den anderen Pferden und Wagen am Chatelet, nahe der Bougerie an und half Jeanette vom Kutschbock. Das heißt, er wollte helfen, wollte mit beiden Händen um die Taille greifen, doch Jeanette schlug sie ihm weg und sprang selbst auf das Pflaster.

Da stand sie nun. Und mitten im Paris. In dieser Straße, bis hinüber zum Quai de la Megisserie, war es doch stets dasselbe: Lärm, Krach und Aufregung. Und ein babylonisches Gewirr vieler, auch ausländischer Stimmen. Nicht nur die Gerber und die Metzger luden hier ihre Ware ab, hier gab es auch das Lagerhaus der Tuchmacher-Zunft, dann die unzähligen Schiffsagenturen, die ihre Fracht verteilten. Aus aller Herren Länder strömten die Waren, die die unersättliche Stadt verschlang. Und gleich dort drüben, am Pont du Change, die zur Île de Cité führte, tauschten die Ausländer, die gleichfalls aus allen Richtungen des Himmels in Paris eintrafen, ihre Münzen in französische Dukaten, in Gold- oder Kupferstücke.

Gute und kräftige Pferde besaß der Maître Michel Dumont. Und so hatte die ganze Reise noch nicht mal zwei Stunden gedauert. Dabei war ja noch das lästige Warten am Chartre-Tor abzuziehen, wo wieder einmal Kontrollen stattfanden und jeder einfahrende Wagen von Soldaten aufs Genaueste inspiziert wurde. Auch hier Polizei und Gardisten. Was suchten die nur? Na, egal...

Was zählte war allein, daß sie ihr Ziel erreicht hatte. Und so stand sie nun, ein wenig ängstlich, das schon, und blickte hinüber zu den Seine-Inseln. Wie zwei von goldenem Licht umspülte Schiffe lagen sie, und die Nachmittagssonne zeichnete die Schatten ihrer vielen Türme lang und schwarz über die Dächer. Selbst der Fluß nahm sein Bad in all diesem schwimmenden Gold.

»He, was ist denn?«

Der Gascogner hatte sie in die Seite gestoßen, und sie fuhr herum.

»Hast du überhaupt gehört, was ich dir gesagt habe?«

Sie schüttelte den Kopf.

»Hab' ich's mir doch gedacht. Was ist bloß mit dir, Jeanette? Mein Gott, wie soll das noch ausgehen?«

Ja, dachte sie, wie? Gut mußte es ausgehen. Wie denn sonst?

Blaises wasserhelle Augen suchten sie zu durchbohren, nichts als Anklage im Blick. »Jetzt hörst du aber zu.«

»Natürlich. Verzeih.«

»Mon dieu, was bleibt mir schon übrig? Als ob's nicht reichte, daß du zu Hause einen verrückten und obendrein noch kranken Dichter hast, spielst du auch noch selbst verrückt, kuckst rum, als seist du irgendwo auf den Wolken oder was weiß ich wo, jedenfalls nicht auf dieser Welt.«

Er hatte ja recht.

»Dies aber«, so schrie er, »dies ist nicht Neuilly, dies ist Paris!«

»Das seh' ich selbst.«

»Werde nur nicht schnippisch. Also, ich wiederhole es dir nochmals: Ich habe jetzt im Lagerkontor zu tun. Dann wird hier abgeladen. Aber das dauert nicht allzulange. Ich schätze eine Stunde.«

Das war wirklich wenig.

»Und?«

»Und, und. Wir müssen uns jetzt trennen, Jeanette. Siehst du diese Uhr dort oben am Turm? Eine Stunde, nicht länger. Denn dann fahre ich zurück nach Neuilly. Und wenn du nicht da bist, kannst du drüben im Spital schlafen. Unter all den anderen Irren. Drüben, dort, im Hôtel de Dieu.«

»Ich werde hier sein.«

Er grinste, schüttelte den Kopf, kniff sie leicht in die Wange und sah sie lange an. Sie wußte ja, was der Blick meinte. Auf dem Herweg hatte er es ihr erklärt: »Wenn dieser Chartier nicht wäre... Du kannst kaum lesen, aber ein Dichter muß es sein, also, wenn dieser Chartier nicht wäre, was wäre aus uns doch für ein schönes Paar geworden...«

Er hob die Hand und winkte. Und sie sah ihm nach, wie er lang und sehnig, die Mütze über dem blondleuchtenden Haar, die Schultern nach vorne geschoben, im Torbogen eines der großen, alten Häuser verschwand.

Dann drehte sie sich um.

Das Ziel kannte sie.

Es lag auf der anderen Seite der Insel, auf der anderen Seite des Flusses. Und sie würde es erreichen. Sie konnte nicht aufgeben, wie denn auch? Wer, außer ihr, vermochte jetzt noch Alain zu helfen?

Sie würde kämpfen, das ja. Sie wußte es. Doch im selben Atemzug fühlte Jeanette auch, wie der Mut in ihr gleich einer müden Kerzenflamme zu erlöschen drohte...

»Du, Hannchen, Haubenmacherin,
kein Freund legt je dir Fesseln an.
Kathrin, du, Beutelnäherin,
jag mir zum Teufel keinen Mann.
Kein Mannsbild liebt ein Scheusal mehr,
dem Hohn und Lachen nur beschert.
Ein altes Weib läßt Liebe leer,
wie eine Münze, die nichts wert.«

Und nun aus dem Halbdunkel als Antwort hundert Männerstimmen, ein Geschrei und Gebrüll, das Jeanette frösteln ließ.

»Wollt ihr wohl ruhig sein!«

Ein strenger Lautenakkord zerschnitt den Krach. Dann wieder die Stimme, halb sang sie, halb sprach sie:

»Ihr Mädchen, horcht nur eifrig hin:
Warum ihr mich so klagen hört?
Weil ich nichts anderes mehr bin,
als eine Münze, die nichts wert...

Es war ein näselnder, ironisch schwingender Bariton, der Jeannette die Verse entgegentrug. Alains Verse klangen so gemessen, sie waren schön gesetzt und klagten um Liebe und Schicksal wie eine traurige, oft versponnene Melodie. Diese Worte aber? Genau wie die Bolzen eines treffsicheren Armbrustschützen schlugen sie durch die plötzliche Stille im düsteren Saal.

In eine Nische am Fuß der Treppe hatte Jeanette sich gedrückt. Und wagte kaum zu atmen. Sie versuchte ihre Angst zu bezwingen, versuchte mit dieser aus ihrer Furchtsamkeit jäh aufkeimenden Erkenntnis fertig zu werden: Es ist umsonst. Alles ist umsonst. Und der Gascogner hat vollkommen recht: »Du bist schon genauso verrückt wie dein Dichter! Der hat dich doch angesteckt.«

Über den Pont du Change war sie gekommen, hatte die Île überquert, war durch die bereits schattendunklen Gassen mit den hohen Häusern, vorbei am alten Königspalast gegangen, um dann auf dem anderen Flußufer in die grüne Stille der Klostergärten von Saint Severin einzutauchen.

»Es ist ganz leicht zu finden.« Selbst jetzt noch hatte sie die verführerische, heisere Stimme des Mannes im Ohr, den sie suchte...

Vorsichtig, ganz vorsichtig nur streckte Jeanette den Kopf aus der Nische. Der gewaltige Raum war an der linken Hälfte durch die schwarze Linie der Säulenkante beschnitten. Wirklich, es war eine gespenstische Szene. Die Kurven der vielen Gewölberippen, die den tiefen Säulenreihen entsprangen und im Kreuzungspunkt von Steinrosetten verziert waren, schlossen sich zu einem feingeäderten Gitter, über das ein ruhiger, roter Flammenhauch spielte. Er kam von einem offenen Feuer in der rechten Ecke des Saals. Von ihm auch wehte der schwere, fette Geruch verbrannten Fleisches heran. Bis zur Hälfte mußte der Raum wohl unter der Erde liegen, denn die von schweren Quaderleibungen eingefaßten Spitzfenster begannen an seiner Decke. Sie warfen ein graudüsteres Licht über die Reihen langer, schmaler Tische, auf denen Trinkbecher, Humpen und Weinkannen standen. Zwischen öligen Getränkepfützen schimmerten abgenagte Schweinsknochen. An diesen Tischen saßen die Gäste des ›Blauen Schwan‹.

Es waren Männer, ausschließlich Männer. Und fast alle waren sie jung, Studenten der Sorbonne vermutlich, Scholaren, Theologen, Mediziner, Jura-Aspiranten. Vielleicht hockten auch einige ihrer Lehrer darunter, oder einfach nur Bürger des Quartiers von Saint Severin und Saint Michel. Vielleicht kamen sie auch von der Île herüber, um hier zu saufen, Karten zu spielen und wilde Lieder und Gedichte anzuhören. Was wußte sie? Was interessierte es sie? Nur eines blieb unerträglich: Wenn man von den Schank-Dirnen absah, die sich zwischen die langen Reihen der Bänke schoben – hier hockten nur Männer!

»Wenn du in Paris bist, vergiß nur nicht, in den ›Blauen Schwan‹ zu kommen. Dort findest du mich immer. Aber komm nicht, ohne ein Gedicht des Meisters mitzubringen.«

Vor einem Monat war das gewesen.

Gil Legrand kam nach Neuilly herausgeritten: Spitzbart, Rotweintrinkergesicht, aber blitzende, freche Augen darin. Und als ob die Hautfarbe nicht genügte, trug er auch noch Purpur. Purpurfarbene Pluderhosen, engen Samtwams, geschlitztes Barett.

Vom Haus aus hatte sie beobachtet, wie er aus dem Sattel sprang, um Alain brüderlich in die Arme zu schließen: »He, he, Alter! Was macht der Husten? Ah, hier versteckst du dich? In diesem Hexenhaus, statt zu mir in den ›Blauen Schwan‹ zu kommen?«

Als ob dies alles noch nicht genüge, demonstrierten zwei Reihen starker Pferdezähne ein Grinsen, das wohl charmant sein sollte: »Und dort am Fenster? Ist das die Hexe vom Hexenhaus? Wie hübsch! Und wie jung noch obendrein. Du warst schon immer ein Glückskind, Alain. Ich bin entzückt.«

Sie mußte ihn begrüßen, und der Handkuß war wohl bei einem purpurfarbenen Gockel wie diesem Gil unvermeidlich.

»Die Freunde meiner Freunde sind meine Freunde«,

verkündete er, »nicht wahr, so heißt es doch? Von den Freundinnen will ich gar nicht reden. Du würdest sonst nur eifersüchtig...«

Und Alain wußte nichts, als zu hüsteln und zu lächeln, sehr unpassend zu lächeln, wie sie fand, bei einem solchen Aufschneider.

Gil Legrand, erfuhr Jeanette eine Stunde später – da war der Purpur-Gockel unter Hinterlassung von zwei Flaschen Burgunderwein und einer großen Staubwolke bereits in Richtung Bois davongaloppiert, und sie saßen am Steintisch unter dem Holunder und tranken von seinem Wein. Gil Legrand hatte mit Alain die Studentenbänke der Sorbonne gedrückt, habe zunächst Theologie studiert, denn das war letztendlich der einfachste Weg, sich ein Einkommen im Leben zu sichern, und sei dann, genau wie Alain selbst, in die juristische Fakultät gewechselt, wo er allerdings, statt die Vorlesungen über ziviles und kanonisches Recht zu hören und sich auch der Philosophie zu widmen, Zeit und Kraft bei Weiberaffären, Schlägereien, Kartenspiel, Saufen und Singen verschwendete.

»Soff wie ein Loch, Jeanette. Und hatte auch eine ganz hübsche Stimme. Ich schrieb ihm ein paar Gedichte, die er dann sofort für die seinen ausgab, was ihm den Namen ›Gil, der Sänger‹, einbrachte. Darauf war er natürlich furchtbar stolz. Aber er trieb's nun mal zu wild. Und so war's bald vorbei...«

Vorbei war es, hatte Alain erzählt, als ›Gil, der Sänger‹, um seine Spielschulden zu bezahlen, sich eine Kapuze über den Kopf zog und die Ablaßhändler von Saint Denise und der anderen Klöster der Umgebung überfiel und ihnen das Geld abnahm, mit dem die Reichen von Paris sich das Fegefeuer ersparen wollten.

Die Hälfte der Studenten, ihre Mädchen und Huren

wußten zwar, woher der plötzliche Segen des Sängers kam, lachten sich zu Tode, aber hielten zumeist den Mund.

Doch als Gil dann beim Streit um einen Kartengewinn einem Mailänder Studien-Kollegen mit dem Degen die Lunge durchbohrte, war es soweit. Doch ehe sie ihm den Prozeß machen konnten, floh Gil an den Hof des Herzogs von Orleans, desselben Orleans, den die Engländer ein paar Jahre später auf ihre Insel verschleppten. Nun, damals schon nannte man Karl von Orleans den Dichter-Fürsten. Und das wohl zurecht, denn bei ihm fand jeder Zuflucht, der gut reimen oder die Laute zu schlagen wußte. Ob er nun Mörder oder Räuber war.

»Selbst einer wie François Villon...«, hatte Alain gesagt.

»Kennst du den?«

Jeanette hatte den Namen schon gehört. Und das sogar zu Hause in der Bretagne. François Villon, Räuber und Verbrecher, Wegelagerer und Mörder, zweimal bereits zum Tode verurteilt und doch der Freund eines Herzogs, einer, dessen Lieder man selbst in den Dorfkneipen und Postschenken der Provinzen sang.

Alain hatte den Kopf geschüttelt. Nein, François Villon kenne er nicht. Leider...

»Seine Verse aber kenne ich. Und jeden einzelnen davon. Und wäre er mir einmal begegnet, dann hätte ich ihn umarmt und ihm den Lorbeerzweig überreicht... Weißt du, was er dann gemacht hätte? Sich kaputtgelacht und einen Becher Wein verlangt.«

Alle, alle waren sie gleich. Verachteten das Geld, zeigten sich zu jeder Dummheit bereit, wenn sie nur ihre Verse schmieden konnten.

Daran dachte Jeanette im Dunkel ihrer Nische.

So war es doch mit diesen Dichtern. Den meisten wenigstens. Was waren das für Menschen, die auf das Geld genauso pfiffen wie auf Ehre oder Sicherheit? Die Ablaßhändler verprügelten und ausraubten wie dieser Gil Legrand, die Menschen überfielen und erstachen wie ein François Villon, die keiner Frauenaffäre aus dem Wege gingen, soffen und spielten und dennoch nur ein einziges Lebensziel hatten: Irgendwo in einer Ecke zu sitzen und irgendwelche Verse auf Papier zu bringen.

Ja, zu welch sonderbarer Sorte Mensch zählten sie, diese Dichter?

Alain zum Beispiel. Nein, er hatte nie jemandem Leid angetan. Und weil er Geld verachtete, hungerte er freiwillig. Doch das Geld rächt sich. Es läßt dich an Hunger sterben, Alain. Oder an der Krankheit krepieren. Verstehst du denn nicht?

Alain – das einzige, was sie wußte, war, daß sie ihn liebte. Denn in Wirklichkeit, kannte sie ihn? Nein. Und niemals würde sie ihn je kennenlernen.

Unter all diesen merkwürdigen Geschöpfen jedoch bildete Gil Legrand eine Ausnahme: Er sorgte dafür, daß das Geld ihm nicht nur blieb, sondern sich auch mehrte.

»Dieser Gil«, hatte Alain gelacht, »er ist unglaublich! Der verführt sogar die Pfaffen, versorgt Äbte und Mönche von Saint Denise mit jungem, frischem Mädchenfleisch. Auf diese Weise hat er sich den ›Blauen Schwan‹ erworben. Das Haus war Klosterbesitz.«

Priester sind Menschen. Und daß sie in Vielem viel menschlicher sind als ihre Schäfchen, wo wußte man das besser als in Frankreich und vor allem hier in Paris? Der Besitzer des ›Blauen Schwan‹ aber hieß Gil Legrand. Und darauf kam's an.

Auch für Jeanette. Das Wichtigste, was ihr Gil zugeflüstert hatte, ehe er davonritt, trug sie im Gedächtnis: »Wenn Chartier mich nicht besuchen will, dann kommt

Ihr. Und bringt mir ein Gedicht von Alain. Und sagt ihm, ich zahle in Dukaten.«

Ein paar Dukaten würden genügen, um Alain das Leben zu erhalten, sein süßes Leben...

Nun aber schien alles aussichtslos. Jeanette zitterte. Da stand sie im Schatten, und das Herz klopfte ihr am Hals. Welche Höhle! Ein ganzer Saal voll Männer. Und gewiß eine der schlimmsten Kneipen der Stadt. Hier mochten Dichter auftreten wie dieser Mensch mit seinem kahlen Kopf, der dort stand und seine Verse sang, Worte, auf die wie ein höllisches Echo Gejohle und Pfiffe antworteten. Wie denn willst du hier Gil finden?

Es gab auch Frauen. Frauen von der Art, die nichts daran fanden, daß man an ihren Röcken zerrte, sie in den Hintern, in die Taille oder in den Busen kniff. Und forderten sie es nicht heraus mit diesen enggeschnittenen Miedern, die kaum die Brustspitzen verbargen, schamlos, wenn man es so betrachtete. Die Schamlosigkeit der Stadt. Schon der Pfarrer in Saint Laurent hatte davon geredet. Nie hatte sie es richtig ernst genommen, aber nun, wo sie es sah – ließen sich betatschen, ließen sich sogar ins Mieder fahren und lachten noch dazu!

Wo aber war dieser Gil Legrand?

Sie sah sich um.

Bald würde die Stunde verronnen sein, die ihr zur Verfügung stand. Jeanette hörte förmlich den Sand der Uhr durchs Glas rieseln. Und es war ja nicht nur die Zeit, mit ihr schwand auch die Hoffnung.

Jeanette wagte sich in den Saal.

Hier stand eines dieser Weiber. Groß war sie und üppig. Gerade noch, daß dieser Fetzen ihre Brustwarzen bedeckte. Blond auch. Die Locken klebten ihr in der Stirn. Und das verbiesterte Lächeln, das sie zur Schau trug, legte sie wohl am Abend in ihrer Kammer ab wie ihre verschwitzten Kleider.

»Kann ich dich bitte sprechen?«

Sacht und ganz vorsichtig hatte Jeanette ihren Ellbogen berührt. Schon wirbelte die Blonde herum, und die Augen wurden groß und rund wie Knöpfe aus blauem Glas.

»Du?... Wer bist du denn?«

»Ich bin Jeanette Mellier. Ich komme wegen Alain Chartier.«

»Ach nein?« Das grobe Gesicht verzog sich spöttisch: »Wirklich? Und was will sie hier, zum Teufel, die Jeanette Mellier?«

»Ich... ich will...«

Ich will Gil Legrand sprechen, das war es, was Jeanette sagen wollte. Sie bekam den Satz nicht über die Lippen.

Und wie auch?

Es waren zu viele Eindrücke, und sie stürmten alle gleichzeitig wie in einem farbigen Wirbel auf sie ein: Da war ein stiernackiger, breitschultriger Kerl mit wäßrig-betrunkenen Augen, der sich von der Bank hochschob, nach ihr griff, und gleichzeitig dröhnte vielstimmiges Gejohle zur Decke, das in einem Namen zusammenfloß: »François... François...«, und nun, tatsächlich, hoch über der Reihe der Tische, die Fußballen sorgfältig und schlafwandlerisch geschickt zwischen Bier- und Weinbecher setzend, kam ein Mann herangetänzelt, der Mann mit der Laute, der Dichter oder Sänger. Dünne, röhrenförmige Beine hatte er, aus denen ein runder Bauch wuchs, lange, fasrige, graue Haarsträhnen fielen ihm rechts und links vom kahlen Schädel und dazu dieses Gesicht, von Narben entstellt, die Augen schräg, Augen, die glänzten wie schwarze, frisch gebrochene Kohlenstücke. »François! François!« brüllten die Studenten.

»Laß los, du Idiot!« schrie die Schankmaid. Sie gab dem Betrunkenen einen Stoß, daß er auf seine Bank zurückfiel.

Der Mann auf dem Tisch aber hob das rechte Knie, drehte eine Pirouette und schlug einen Akkord an.

Sofort wurde es still.

Wieder drei, vier Saitentöne. Sie schwangen durch die jähe Stille, reihten sich wie Perlen an einer unsichtbaren Schnur zu einer kleinen, frechen Melodie, der auch das Grunzen des Betrunkenen auf der Bank nichts anhaben konnte, und dann die Stimme. Klar und überraschend jung klang sie. Nicht laut, und doch erfaßte sie noch den letzten Winkel. Spöttisch dazu drang sie aus einem aufgequollenen Leib und einem vom Leben verwüsteten Gesicht.

»Ach Venus!... Ach Stern, der du entschwindest...«

Was sie nun ausrief, ging Jeanette direkt durchs Herz: »Ach Leben, süßes Leben...«

Alains Worte.

Und wieder ein Akkord. – Und nun...

»Dirnchen mit der offenen Brust,
mit der ihr Männer wollt verführen,
Spitzbuben, Schreier voller Lust,
Jahrmarktsvolk mit Murmeltieren,
Narren ihr, und Weiber in den Türen,
die pfeifend gehn zu drein und vieren
mit Bursch und Mädel zu poussieren,
na gut, verzeiht denn alle mir!
Denn eins nur will ich heut euch sagen,
Frau Venus hat uns stets verraten...«

Sie schrien. Der Mann dort hüpfte hoch, daß der Tisch sich bog und Humpen und Becher fielen.

Sie klatschten. Sie streckten die Finger nach ihm, und er ließ den Blick über die hochgehobenen Hände schweifen, zeigte ein Faunsgrinsen, drehte seine Narren-Pirouette und wischte sich mit dem Handrücken über den feuchtglänzenden Mund.

»He du! Was willst du von Gilbert?«

Das Schankmädchen. Beinah hätte Jeanette sie vergessen, so sehr stand nun auch sie im Bann des Sängers dort auf dem Tisch. Wieder schlug er die Laute, um mit seinem Sprechgesang fortzufahren:

»Seht nur den Prinzen, unsern Herrn,
auch er Frau Venus frommer Knecht,
erlaubt der holden Margaret,
daß sie im Wald spazierengeht
und dort verteilt, was ihm gehört,
den Kuß an Dichterfreund Chartier.
Und wie denn nicht? Nehmt's nur im Kern,
im Leben spricht Frau Venus Recht...«

»Chartier! Chartier!« brüllte es jetzt. So laut schrien sie, daß die Scheiben zitterten. Der Refrain kam im Chor: »Im Leben spricht Frau Venus Recht!«

Der Lärm, die verwirrenden Worte, die Jeanette nicht verstehen konnte, vor allem aber der Name, dieses noch immer anhaltende »Alain Chartier – Alain Chartier«, unter dem ganzen Ansturm wich Jeanette erschrocken in ihre Nische zurück. »...im Wald spazierengeht«? Wer geht im Wald spazieren? Wer war die holde Margaret, die dort einen Kuß an Chartier...?

»Nun, wie ist das? Willst du jetzt?« Die Blonde war ihr gefolgt. »Willst du jetzt Legrand sprechen oder nicht?«

Die Augen glitzerten vor Neugierde.

»Ja... Natürlich, ja, das will ich...«

»Legrand ist dort drüben. Komm mit.«

Von jäher Angst gepackt, schüttelte Jeanette den Kopf.

»Aber du sagst doch, du kennst Chartier?«

»Ja. Wegen ihm bin ich ja hier.«

»Na gut, dann bleib hier stehen. Ich hole ihn.«

Auch diesmal erschien er wieder in Purpur. Aber er erschien Jeanette noch größer als damals an dem Tag, als sie ihm zum erstenmal begegnet war und er doch sogar hoch zu Roß ans Haus herangeritten kam.

Diesmal trug Legrand einen kurzen, purpurroten Umhang, der geschnitten war wie der eines Soldaten. Der mächtige Schädel mit dem sonderbar flachen Gesicht ragte aus einem breiten, sehnig-muskulösen Hals, den ein speckiger, verschlissener, kurzer Kragen umschloß, und als er nun den Arm anhob, erkannte Jeanette, daß er unter seinem Umhang nichts trug als nackte Haut. Legrand – der Jahrmarktskönig, Patron des ›Blauen Schwan‹, Legrand, der Fürst der Verrückten.

Er lachte.

»He?! Da soll mich doch der Teufel holen... Seh ich recht? Bist du nicht Alains kleine Hexe?«

Jeanette schluckte.

»Und was versteckst du dich hier am Eingang? Wo wir Alain gerade ein Fest bereiten. Was heißt wir – François Villon selbst und höchstpersönlich!«

Villon?

Einen ungläubigen Blick warf Jeanette hinüber zu diesem Possenreißer mit der Laute. Sie begann zu frösteln, und das Frösteln mündete in ein Zittern, das sie nicht zu beherrschen vermochte, so daß es schließlich den ganzen Körper erfaßte. Ihre Gedanken flohen voreinander her:

Alain... Ein Fest für Alain...? Und hustet sich zu Tode... Der Gascogner wartet... Und die Zeit verstreicht. »Dann kannst du im Hôtel de Dieu schlafen«, hatte der Gascogner gesagt. »Bei den Irren...«

Nein! Das nicht... Um der Jungfrau willen.

»Ich brauche Geld.« Sie stieß es ohne Einleitung heraus.

»Brauchen wir doch alle«, lachte Legrand. »Da bist du nun wirklich nicht allein.«

»Ja. Doch ich brauche es für Alain.«

»Wo steckt er überhaupt, dieser Himmelhund? Bist du etwa allein gekommen? Pardon...« Und erneut zeigte sich dieses überlegene, jungenhafte Grinsen: »Verzeiht mir. Haben Demoiselle an diesem Abend etwa auf ihren Begleiter verzichtet? Dürfte ich ergebenst nach den Gründen fragen?«

»Alain ist krank.«

»Das ist er seit Jahren. Richtig verliebt ist er in seinen Husten.«

»Es ist ernst, Gil... Der Arzt sagte...«

»Ach, Ärzte! Sieh dir François dort an. – Komm, ich werd' ihn dir vorstellen.«

»Nein. Bitte...«

Zum erstenmal erschien ein Hauch Ernsthaftigkeit auf dem breiten Gesicht Legrands. Auch die Augen wurden nachdenklich, fast besorgt. Plötzlich schien er sich auch an ihren Namen zu entsinnen: »Jeanette, nicht wahr?« Langsam, fast zärtlich sprach er es aus. »Jeanette, mach dir keine Sorgen um ihn. Wir alle tragen unsere Krankheiten durchs Leben. Sieh dir François dort drüben an. Ihm sind in den Kerkern die Zähne aus dem Kiefer gefault, von den Lungen und den Därmen will ich gar nicht reden. Er spuckt, er seufzt, er röchelt – und singt noch immer. Und dazu noch wartet der Henker auf ihn. Ja, sieh ihn an... Welch ein Jammer, daß Alain nicht hier ist. Die beiden großen Dichter Frankreichs hier, bei mir im ›Blauen Schwan‹ – welche Gelegenheit, ihnen gemeinsam die Krone zu überreichen! Welcher Abend wäre es geworden!«

Worte. Und kaum zu verstehen im Beifall, Gebrüll, Gelächter und Geschrei. Was bedeutete ihr der ›Blaue Schwan‹, was ging sie dieser Abend an? Sie mußte zurück. Und schnell, wenn sie Alain retten wollte. Was wußte schon ein Legrand?

»Der Arzt sagte, Alain solle sofort in den Süden. Nur ein Klimawechsel könne ihm noch helfen.«

»Ärzte... Komm mir nicht mit Ärzten. Quacksalber. Beutelschneider.«

»Aber dieses Mal ist es die Wahrheit.«

»Hm – vielleicht hast du recht.«

»Gewiß ist es so. Doch wir haben kein Geld. Noch nicht einmal für die Reise. Und ihr sagtet doch, wenn ich ein Gedicht von Alain brächte...«

Nun verschwand der letzte Rest eines Lächelns aus dem Gesicht. Die schweren Brauen rutschten in die Stirn, und der Blick wurde aufmerksam. »Hast du eines?«

Jeanette nickte. »Er hat es für mich geschrieben...«

»Ein Liebesgedicht?«

»Ich weiß es nicht. Ich habe es noch nicht gelesen.«

Sie wußte den Blick zu deuten. Kannst du überhaupt lesen, sagte er.

»Egal für wen – ein Gedicht Chartiers.« Legrand schob den Umhang zur Seite. Darunter sah man Muskeln und Haut. Am Gürtel aber hing ein kleines Ledersäckchen. Er griff hinein. »Da! Nimm.«

Sie spürte die runde, glatte Härte der Münzen in ihrer Hand. Sie brauchte gar nicht hinzusehen, schon das Gewicht sagte ihr: Das sind Dukaten.

»Reicht das?«

»Oh, sicher. O ja...« Am liebsten wäre sie ihm um den Hals gefallen. »Ihr seid ein guter Freund, Gil! Gott wird es Euch vergelten.«

»Auf ihn ist kein Verlaß. Der hat meist andere Sorgen.«

»Ich muß jetzt gehen. Sofort... Der Wagen wartet...«

»Ach ja? – So wollt ihr euch verabschieden, Demoiselle?«

Sie war verwirrt.

»Wie sonst?«

»Ohne Kuß? Ein Chartier wird selbst von Prinzessinnen geküßt. – Und ich?«

Sie sah in diese blauen Augen, in denen ein Leuchten zu stehen schien, ein Leuchten, das ihr Herz füllte. Warum auch nicht? Sie legte ihm die Hände um die Schultern, ließ sich an ihn ziehen, und sie erwiderte den Druck seiner Lippen, lang, länger als ihr lieb war. So – ja so hatte nur Alain sie bisher geküßt...

Dann aber wandte sich Jeanette um, hastete die Stufen hoch, hinaus in diesen sterbenden Tag, der schon in Dämmerung zerfloß. Sie wählte den einsamen Weg hinter dem Klosterfriedhof von Saint Denise, die Hand fest um ihre Beute geballt, das Gold, das Rettung verhieß. Sie fürchtete Diebe oder Wegelagerer, aber dort vorne kam schon die Île de France in Sicht, die mächtigen Rundtürme der Concierge, die Spitzen ihrer Kirchen. Nun die Brücke.

Sie beschleunigte ihre Schritte, und nun umfing sie Lärm und Geschrei. Doch sie wußte nicht, wo sie ging, sie hörte ihre Absätze nicht in all dem Schieben und Gerenne, ihr Herz schlug: Laß den Gascogner noch hier sein, lieber Himmel! Laß, daß er auf mich wartet, ich komme – und dann, Alain, heute nacht noch packe ich die Truhe und den Koffer, und morgen, morgen sind wir schon unterwegs. Sonne wird dann um uns sein, die warme Luft des Südens, und dein Husten wird mit ihr verwehen, du wirst gesund, und wir werden glücklich werden und uns lieben...

Alles für ein Gedicht.

Nein, sie wußte nicht, was auf den Seiten stand, die Alains Feder beschrieben hatte...

Ein Gedicht? Papier – was sonst? Mühselig war es für Jeanette, die Tochter des Schreibers von Saint Laurent, Schriften zu entziffern, Worte zu verstehen, die sich zu Versen formten, mühsam, ja, und gar nicht wichtig.

Der Gascogner saß bereits auf seinem Bock, als Jeanette, rot im Gesicht und keuchend, am Chatelet eintraf. An der Sainte Chapelle, dann am alten Königsschloß vorbei und über den ganzen Pont du Change – sie war nur noch gerannt.

Blaise fuchtelte mit der Peitsche: »Ich wollte schon losfahren. Ich sagte mir: Gib ihr noch eine Viertelstunde, aber nicht länger. Eine Viertelstunde länger, meine Schöne, und du wärst doch noch bei den Irren des Spitals gelandet.«

»Dort war ich schon«, lachte Jeanette und ließ sich von ihm auf den Sitz helfen. »Wenn auch nicht bei denen vom Spital...«

VI

Noch immer war's stockdunkel in der Kutsche. Draußen jedoch zeigten sich die ersten grauen Streifen Helligkeit. Die Räder quietschten langsamer, der Holzkasten schaukelte, der Weg immerhin schien besser zu werden.

Quattroteste schnupperte: Heller Laubgeruch. Wald? –

Der Schatten neben ihm rührte sich nicht, verschmolz mit den anderen Schatten in der Ecke. Nur den hellen Umriß einer Hand sah er auf den Knien, und ab und zu stieg in Quattrotestes Nase der süßherbe Mandelgeruch eines Parfums.

Ein Herr. Und was für einer! – In solchen Situationen wird meist viel zuviel geredet, da werden Erklärungen gegeben, die niemand hören will, oder Fragen gestellt, auf die keiner die Wahrheit sagen würde, solange er noch seine fünf Sinne beieinander hat.

Der Schatten jedoch?

»Quattroteste«, hatte er gesagt, als der Diener am Wegkreuz die Tür aufriß und ihn in die Kutsche schob. »Gut, dich zu sehen.«

Nicht auf französisch hatte er dies gesagt, auf italienisch, in Quattrotestes Heimatsprache: »Che bene di vederti...«

Und noch ein Satz fiel: »Ich habe beschlossen, den Lohn zu verdoppeln.«

Und das war alles. Seither fiel kein Wort. Dabei fuhren sie schon eine Stunde, und die Dämmerung schob bereits den Vorhang der Nacht zur Seite und kündete den Tag an. Für diese Sorte Arbeit jedoch war nichts wichtiger als der Schutz der Dunkelheit.

Quattroteste strich mit den Fingern über das linke Ohr, besser, über das bißchen verknorpelte Fleisch, das sich dort, wo sich einst das linke Ohr befand, an seinem schmalen Schädel noch hielt. Dem Scharfrichter verdankte er die Verstümmelung nicht. Er war kein Dieb. Außerdem, für den Auftrag, den er zu erledigen hatte, waren bei Entdeckung ganz andere Strafen vorgesehen. Da wartete weder Strick noch Henkerbeil, da gab es so schöne Dinge wie aufs Rad geflochten zu werden oder das Aufschlitzen und Vierteilen bei lebendigem Leib.

Nun – ihm konnte das nicht passieren. Niemals.

Dennoch war die Haut am verstümmelten Ohr brennendheiß geworden. Sie prickelte. Das war kein gutes Vorzeichen. Zart strichen Quattrotestes Fingerspitzen darüber. Sie beruhigte sich nicht.

Ave Maria hilf! – Quattroteste stammte aus einem gottverlassenen Tal in den Tessiner Bergen. Dort wurde viel gebetet. Gordevio, so hieß der Ort, in dem seine Geschwister noch immer hungerten. – Schweizer Söldner, Reisläufer, die sich an den ewigen Händeln der italienischen Stadtstaaten eine goldene Nase verdienten und auf keinen der Kriege verzichten wollten, die die italienischen Fürsten unter sich führten, riesige, blonde, stiernackige Kerle, mit allen Regeln der Kriegskunst vertraut, hatten damals an dem vierzehnjährigen Jungen Gefallen gefunden und ihn mitgenommen. Zunächst als Pferdeknecht, dann als Mitbruder, als Soldat und Spießgesellen.

Vor Ferrara, beim Kampf gegen die Regimenter des Herzogs d'Este hatte es ihn zum erstenmal am Kopf erwischt. Das Kriegsbeil eines Hauptmanns spaltete seinen Helm und hinterließ die dicke Narbe, die sich vom Schädel weit in Quattrotestes Stirne zog. Vor Mailand war's dann ein Armbrustbolzen, der ihm das Ohr halb vom Kopf riß, so daß der Feldscher Mühe hatte, ihm die kümmerlichen Reste zusammenzunähen.

»Na und?« hatte er gelacht. »Und sei's der ganze Kopf. Was macht es mir? Da wächst ein neuer nach. Denn ich habe deren vier.«

Seitdem trug er den Namen ›Quattroteste‹.

Nach Italien focht er mit seinen Schweizer Freunden als Söldner für die Kompanien, die auf französischem Boden dafür bezahlt wurden, die Engländer auseinanderzujagen. Und dort lernte Quattroteste, daß, trotz aller Beute und allen Plünderungsgewinns, der höchste Lohn des Kriegshandwerks nicht der Truppe, sondern dem Einzelkämpfer bestimmt ist. Kaum einen gab's, der so gewandt zu fechten wußte. Doch seit es ihm gelungen war, Lord Arlington in einem schwerbewachten Loire-Schloß, dazu noch im Bett seiner französischen Mätresse, mit einem Stich in die Hölle zu schicken, erhielt er endlich die richtigen Aufträge.

Quattroteste hatte seinen wahren Beruf gefunden: Den des gedungenen Mörders.

»Ich hab' mich entschlossen, deinen Lohn zu verdoppeln.« Erneut schielte er zu dem Schatten in der Ecke.

Dabei war ihm in seiner ganzen Laufbahn noch nie so viel Gold in Aussicht gestellt worden. Nun aber sollte er das zweifache erhalten? Endlich schien also Wirklichkeit zu werden, was er sich die ganzen Jahre erträumt hatte: Der letzte Auftrag... Nicht mehr den Schatten des Henkers fürchten zu müssen, nein, zurück nach Hause, durch die Schweiz und dann ins Tal...

Der See würde ihm schon vom Gotthard her entgegenlachen, in einer Kutsche würde er fahren wie ein feiner Herr: Bellinzona, Locarno, Minusio – ja und dort würde er zum erstenmal nach sechzehn Jahren den Fluß wieder sehen, seine geliebte Maggia. Ihrem Rauschen entlang hinauf nach Gordevio! Ach, er sah das Dorf vor sich, die grauen Häuser, aneinandergedrückt wie eine ängstliche Ziegenherde im Schutz der hohen Wand. Die Gärten eingefaßt von ihren Steinquadern. Die Häuser unter der Last der Steindächer. Der Kutscher würde ihm die Koffer abladen, und er, in seinem feinsten Anzug, würde unter der alten Dorf-Kastanie stehen und sich umsehen und die Luft des Tessins wieder in seine Lungen ziehen. Und der Holunder würde blühen, und die alte Antonia würde ihm aus ihrer Posthalterei entgegenlaufen, die Augen aufreißen: »Giacomo ist zurück! Giacomo Minoletti! Kommt alle her. Seht doch, Giacomo! Ein Signore ist er geworden.«

Ein Herr! – Jawohl.

Gordevio. Was wußten sie dort schon von ›Quattroteste‹, dem Mörder?

Beim Satan! Wann endlich hielt diese Teufelskutsche?

So, als habe Gott oder der Satan seinen Wunsch erhört, riß der Kutscher an den Zügeln und ließ die Bremse quietschen.

»Wir sind da, Quattroteste«, sagte der Mann neben ihm.

Quattroteste nickte und beugte sich nach vorne, um den Kutschenschlag zu öffnen.

»Moment«, sagte die Stimme. Eher heiter, ja beinahe eine Spur zu amüsiert klang sie, in jedem Fall nicht der Situation angemessen. »Du sagtest, du nimmst den Dolch?«

»Wie immer, Euer Ehren. Meinen Dolch. Auf ihn kann ich mich verlassen.«

»Schön und gut, Quattroteste. Wer würde es bestreiten. Doch dieses Mal habe ich eine andere Waffe.«

»Und welche?«

»Hier.«

Quattroteste fühlte, wie ihm ein langer, spitzer, harter Gegenstand in die Hand geschoben wurde. Ein Stilett, dachte er. Ein Kreuzstilett.

»Zieh es nicht aus der Scheide, Quattroteste. Prüfe auch nicht seine Schärfe. Es ist scharf. Verlaß dich drauf. – Halt es erst kurz vor dem Stich bereit.«

»Und warum?« Eigentlich war die Frage überflüssig. Er wußte ja bereits die Antwort.

Da kam sie auch.

»Es ist vergiftet.«

»Nicht übel, Herr.«

»Wir wollen doch sichergehen, nicht wahr? – Und nun viel Glück, Quattroteste...«

Leichten Schrittes, die Schultern nach vorne geschoben, eingehüllt in sein Cape aus dunklem Stoff, hastete Quattroteste zwischen den Stämmen durch den Wald.

Der fließende Stoff ließ ihn mit den anderen Schatten verschmelzen. Die angenähte Kapuze würde er, sobald es soweit war, über den Kopf ziehen, so daß er jedem, der ihm in den Weg lief, unerkannt blieb. Die leichten Schuhe aber machten den Schritt beinahe unhörbar.

Endlich, es war soweit.

Quattroteste fühlte nichts als Erleichterung, mehr noch, in ihm war eine tiefe Genugtuung. Dort vorne, in dem dunklen Haus hinter den Bäumen würde nicht nur sein Opfer sterben, sondern er selbst, Quattroteste gleich mit. War die Arbeit getan, würde sich ein anderer, neuer Mensch davonmachen: Giacomo Minoletti aus Gordevio. Hier, in diesem Wald würde seine Wiedergeburt stattfinden und seine Heimkehr beginnen...

Hinter einem dicken Buchenstamm war Quattroteste stehengeblieben. Er war nun am Rande eines großen Gartens.

Noch wirkten in der Dämmerung alle Konturen fließend und unbestimmt, doch in dem wäßrigen, nebligen Grau war deutlich eine Geometrie kunstvoll beschnittener Taxus-Hecken zu erkennen. Sie schloß sich um einen kleinen Platz, in dessen Mitte sich ein Brunnen erhob, der aus übereinandergeordneten Schalen bestand.

Dahinter erstreckte sich im nebligen Grau die dunkle Masse des Hauses. Er besaß zwei Flügel und eine Freitreppe zum Garten, die mit Säulen geschmückt war.

Quattroteste wartete, bis sich sein Atem beruhigt hatte. Die dunklen Augen sogen alles in sich auf. Ein Bild dämmernder Stille und ländlichen Friedens war es.

»Du mußt von rechts ins Haus. Dort reicht der Wald bis fast ans Gebäude. Im Erdgeschoß findest du drei Fenster. Das mittlere wird offenstehen. Du steigst ein und kommst auf einen Korridor. Von diesem Korridor führt eine schmale Treppe hoch ins Arbeitszimmer des Conde. Wenn du dort bist, ist alles ganz einfach. Im Arbeitszimmer gibt es nur noch eine weitere Tür. Und die geht ins Schlafzimmer...«

Quattroteste hatte sich die leise, heisere Stimme einer der beiden Reiter ins Gedächtnis gerufen, die die Kutsche begleiteten. Sein Auftraggeber war sich für derartige Details wohl zu vornehm. Der Mann, der so zu ihm gesprochen hatte, war groß und hager. Ein Schlapphut verbarg zwar sein Gesicht, doch so, wie er alles erklärte, schien auch er ein Fachmann, denn er legte Wert auf jene Kleinigkeiten, die den Ausgang des Unternehmens bestimmen konnten. Sogar die Bügellänge des Fluchtpferdes, das er mit sich am Zügel führte, hatte er noch auf Quattrotestes Größe eingestellt. »Nachher muß alles sehr schnell gehen – du verstehst?«

Und ob, Kamerad!

Quattroteste dachte daran, als er sich nun durch den Wald der Stirnseite des Gebäudes näherte.

Es war genau so, wie der mit dem Schlapphut es ihm erklärt hatte. Lautlos wie ein tödlicher Schatten trat er aus dem Schutz des Waldes. Als er die letzten Meter zur Hausmauer überwunden hatte sah er: Das mittlere Fenster stand offen.

Er drehte sich sichernd um.

Nichts. Nur irgendwo am Waldrand der Schwingenschlag eines Nachtvogels.

Mit dem Ellenbogen schob er die Fensterflügel auf, schwang sich katzengleich über die Brüstung und stand im Korridor.

Es war gut gewesen, die Dämmerung zu wählen. Jetzt wußte er es. Ohne Fackel oder Kerze waren Einzelheiten wenigstens in ihren Umrissen zu erkennen.

Auf Zehenspitzen schlich Quattroteste den Gang entlang.

Eine Diele knackte. Wieder verhielt er und lauschte. Aber schließlich, in solchen Häusern knackt es immer.

Hier – hier war die Treppe.

Der Duft der fremden Räume umfing ihn. Seine Hand krümmte sich langsam um den Griff des Stiletts, die Scheide steckte in seinem Gürtel. Er würde die Waffe dann ziehen, wenn es notwendig wurde, dann nämlich, wenn er sich des Stichs sicher war, im letzten Atemzug eines fremden Lebens.

War da etwas? – Nein. Er vernahm das eigene Herz, ein leises Pochen am Hals.

Quattroteste wandte sich nach rechts.

Die Zehen ertasteten die erste Stufe. Stein meldeten sie, er atmete erleichtert aus: Steinerne Stufen bleiben diskret.

Lautlos stieg er nach oben. Selbst der Wind draußen im Garten war geräuschvoller als seine Bewegungen.

Hier die Tür.

Seine Hände erfühlten die Kühle der Eisenklinke. Nun, hoffentlich hat der Herr Comte gute Diener. Gott, gib es, daß sie das Federblatt so schmieren, wie es sich gehört.

Er versuchte es. Das Schloß machte kein Geräusch. Nur ein leises, metallisches Knacken war zu hören, als der Riegel nachgab.

Na also. – Quattroteste war im Arbeitszimmer des

Comte. Er stand in der grauen Lichtbahn, die durch den halb geschlossenen Vorhang kam, stand auf einem dikken Teppich, den er als äußerst angenehm empfand, und sah um sich. In der Dämmerung konnte er einen großen, beinahe quadratischen Schreibtisch mit einem hochlehnigen Stuhl entdecken. Dahinter ein Regal voll Bücher, an den anderen Wänden die dunklen Rechtecke von Bildern – und das Runde, dieser große, sonderbare, schwarze Ballon neben dem Schreibtisch war wohl ein Globus? Der Erdball war es, den die Seele des Herrn Comte nun bald verlassen mußte.

Wieder sog Quattroteste witternd Luft ein.

In all den Abenteuern des Kriegsdienstes, vor allem in den langen Jahren, in denen er dem Mörderhandwerk nachging, hatte sich in ihm die Überzeugung gefestigt, nicht nur Gefahr, sondern auch einen nahen Feind riechen zu können. Wie sonst hätte er, was hinter ihm lag, überlebt? Einen Geruch aber kannte er besonders gut: Den Geruch der Todesangst. Gleich würde er ihm begegnen.

Mit der Linken griff Quattroteste über die Schulter und zog die spitze Kapuze über den Schädel. Die Rechte hielt den Griff des Stiletts.

Dort eine weitere, schmale, mit Holzkassetten verzierte Tür... Als er sich ihr auf Zehenspitzen näherte, sah er, sie war nur angelehnt.

Ein ›sei gebenedeit‹ drängte sich ihm auf die Zunge. Quattroteste war fromm erzogen worden. Doch dies war nicht die Stunde der Gebete. Und außerdem: War Gott nicht mit ihm und stand ihm bei? Noch nie hatte ihm die Gunst der Umstände einen Auftrag so erleichtert.

Die Tür zurückschieben. Gut, sie knirschte ein wenig, aber hier lag schon wieder ein Teppich und schluckte das leise Tappen seiner Sohlen.

Mit behutsamer Entschlossenheit zog er, den Blick fest auf das Viereck des Himmelbetts gerichtet, das Stilett. Gift daran? Du bräuchtest also nicht einmal zuzustechen, ein Ritzer genügte... Das Doppelte deines Lohns will er dir bieten? Und macht es dir auch noch um die Hälfte einfacher.

Auf dem Bett erkannte er eine dunkle Gestalt. Die Decke war bis zur Hüfte gerutscht. Der halbnackte Mann lag seitlich, den Kopf im Kissen.

Noch einmal holte Quattroteste tief Atem. Bring's hinter dich!

Unter das linke Schulterblatt also? – Und ziele gut. Darauf kommt's an. In einer solchen Stellung stößt du nur auf Knochen.

Quattroteste dachte es, setzte das Knie auf das Bett, ließ den rechten Arm zum Stich hochfliegen, schob sich noch in derselben Bewegung mit der linken Hand den Körper zurecht, indem er ihn vollends nach unten drückte, und stach zu.

Er traf genau.

Wie immer.

Er vernahm kein Schmerzensbrüllen, kein von Grauen geschütteltes »Mon dieu!« und schon gar nicht dieses ekelerregende Stöhnen, Betteln und Flehen, mit dem manche ihr Leben zu retten versuchten, nein, da war nichts als ein einziger, heller, unmenschlicher Schrei, so hoch, daß er selbst gleich einer Waffe Quattrotestes Schädel durchschnitt. – Dann war es still.

Quattroteste betrachtete das Stilett in seiner Faust.

Auch wenn das Blut, das nun in dunkler Lache das Leinen schwarz färbte, das Gift fortgewaschen hatte, die Frage blieb, ob sich am Stahl noch Reste hielten.

Es einfach fallen lassen? Zu schade. Nein, diese Waffe wollte Quattroteste mit nach Hause nehmen. Zur ewigen

Erinnerung. Was war sie schon anderes als die Eintrittskarte für ein neues Leben.

Er hakte die Scheide vom Gürtel.

Vorsichtig, ganz vorsichtig, und diesmal klopfte sein Herz zum erstenmal nun wirklich hart und schnell, näherte er die Spitze des Stiletts dem kreuzförmigen Metalleinschnitt, der sie aufnehmen würde. Er ahnte eher, als daß er sah. Dann stak das Teufelsding wieder in seiner Sicherung.

Und dann wurde Quattroteste so schnell wie immer. Die Treppe, der Korridor, das Fenster – und hinaus in die kühle, feuchte Luft des Morgens. Nichts anderes war er als ein Schatten unter anderen Schatten. Der Wald hatte ihn verschluckt.

Noch einmal sah er zurück.

In der langen, dunklen Reihe der Fenster flammte ein Licht auf. Jetzt ein zweites. Weitere Lichter bewegten sich hinter den Fenstern.

Der Schrei hatte die Leute im Haus wachgerüttelt.

Er lächelte. Er sah ihre erschreckten, vom Schlaf benommenen Gesichter, sah sie über Korridore und Treppen rennen, Kerzen und Leuchter in der Hand, dem Schlafzimmer des Herrn entgegen.

Sollten sie.

Bis diese Schlafmützen begriffen, was geschehen war, saß er bereits im Sattel seines Falben.

Quattroteste lief weiter zurück ins Dunkel des Waldes, so lautlos wie zuvor, doch auf neue Weise beschwingt, denn nun leuchtete ihm bereits der Tag den Weg, nun auch war alles vorüber.

Er hatte die Kapuze zurückgeschoben. Der Wind kühlte seine Stirne. Er lächelte, nein, kicherte bei dem Gedanken, wie sie im Dorf staunen würden, wenn er dort in seinem Brokat-Wams auftrat. So einen Stoff hatten sie in Gordevio noch nie gesehen. Vielleicht gab es auch die blonde Giulietta noch. Doch sie war sicher längst verheiratet und hatte ein halbes Dutzend Bälger.

Ein Haus würde er sich bauen. Ein Haus – einen Palazzo! Und vor dem Haus würde er einen Garten anlegen lassen, so wie er ihn gerade gesehen hatte. Mit einem Springbrunnen, jawohl... Und...

Quattroteste fluchte, stolperte, fiel. Etwas hatte nach seinem Fuß gegriffen, hart und grimmig, wie eine fremde Hand. Er zerrte. Eine Wurzel, was sonst?

Heilige Mutter Gottes, sei gesegnet! – Quattroteste bekam den Fuß frei. Durch die Stämme hörte er das unruhige Schnauben der Pferde. Dort war die Kutsche. Die Messingbeschläge schimmerten im ersten Licht. Da war auch der Lange mit dem Schlapphut. Er kam ihm bereits entgegen. Quattroteste ging nicht mehr, er schlenderte.

Er strahlte.

»Ging alles gut.«

»Was dachtest du, Kamerad?«

Er überlegte, ob er ihm das Stilett zeigen sollte und das Blut, das noch am Stahl klebte. Doch er unterließ es.

In der Kutsche wurde der Vorhang zurückgezogen.

Undeutlich sah er das Gesicht des Herrn. Nun schob sich der Arm heraus. Die Spitzenmanschette fiel über die Hälfte der Hand. Drei Finger klopften ungeduldig gegen den blaulackierten Schlag.

Quattroteste drehte sich ihm zu und lachte stolz.

Der Mann mit dem Schlapphut legte mit einer brüderlichen Geste seine Hand auf Quattrotestes Schulter, so, als wolle er ihn an sich ziehen und umarmen. »Gut gemacht, Kamerad!«

Quattroteste sah, daß ihm die Schneidezähne fehlten. Vielleicht ließen die Löcher das Grinsen so verzerrt und unnatürlich wirken, wie das eines Höllenhundes? Nein!

– Jetzt ahnte er, was nun geschehen würde, wußte es, doch es war ja schon zu spät. Alles war zu spät.

Der andere, sein Kumpan war hinter ihm aufgetaucht, so nah, daß er den Atem im Nacken spürte.

Noch einmal wollte Quattroteste sich herumwerfen, da spürte er bereits den Stich. Es tat nicht einmal weh, es war nur heiß, eine Hitze, die durch all seine Glieder bis in die letzten Nervenenden schoß und sich zu einem Feuerrad formte, das ihn mit sich riß.

So ist das also...?

Es war der letzte Gedanke, den Quattroteste dachte, ehe ihn das brennende Rad ins Dunkel rollte...

Es war nur ein einziger Laut – ein heller, spitzer Schmerzensschrei, herausgestoßen aus der Not eines brechenden Herzens. Er drang aus einem offenen Fenster des Landhauses des Comte de Buron und zerschnitt die Stille der Morgendämmerung.

Niemand hatte die schwarze, pantherhaft sich vorwärts schnellende Gestalt, die gerade zwischen den Bäumen im dichten Wald verschwand, bemerkt.

Der Schrei, der die schlafende Dienerschaft so jäh aus den Federn riß, war kaum verklungen, als drüben, vom Parktor, das den Besitz zum Lac Superieur abtrennte, sich Fackeln näherten.

Emil, einer der Jäger des Comte, auch ihn hatte der Schrei geweckt, öffnete die Tür des Gesindehauses. Was war das? Die Flammen beleuchteten Uniformen. Rotes Tuch? Die Garde? Was wollten die Königsgardisten hier?

Er hatte es noch nicht zu Ende gedacht, als das schwere, schmiedeeiserne Tor unter den Stößen eines Rammbocks aufbrach. An der Spitze seiner Offiziere und Gardisten rannte der Kommandant der Garde, der Marquis de Bréguérac auf das Haus zu.

Nun blieb er stehen. Er hatte Emil entdeckt.

»Kerl! Wo ist dein Herr?«

»Ich, ich... Im Schlafzimmer sicher«, stammelte Emil.

»Na dann – beeilt euch. Los schon!«

Sie fanden ihn im Schlafzimmer, auf seinem Bett. Der Mund des Comte stand wie nach einer letzten, fürchterlichen Anstrengung weit offen. Über Kinn und Hals rann Blut. Blut tränkte auch die zerknüllten Leintücher, sammelte sich auf dem Teppich. Die starren Augen blickten fragend, fast erstaunt und doch im letzten Moment von Entsetzen gepackt. Die weit fortgestreckten Arme hatten wohl die Papiere noch eiligst in die offene Schublade des Tisches raffen wollen.

»Man ist uns zuvorgekommen«, sagte der Marquis de Bréguérac und fing an, die Papiere auf dem Tisch einzusammeln. »Der Bund war schneller als wir, die wir den Befehl des Dauphins ausführen sollten. Die Arbeit dieser Leute ist verblüffend. Erst teilt man – ohne Unterschrift – die Namen der Verschwörer mit, dann bringt man sie um, kurz bevor wir erscheinen. Mir scheint, hier spielt ein großer Abenteurer ein sehr gewagtes Spiel – in seinem Vorgehen liegt Methode. Er spielt uns die Papiere in die Hand, um sich abzusichern. Morgen vielleicht wäre auch sein Name schon in die Liste aufgenommen worden, vielleicht hätte diesen sogar Buron im gleichen Augenblick eintragen wollen, als ihn der Dolchstoß traf. Ein guter Spieler, meine Herren, der den rechten Trumpf im letzten, alles entscheidenden Moment wirft.«

Er überflog die Namen auf einem Blatt und pfiff dabei einige Male durch die Zähne.

»Parbleu, das ist eine Ernte!« freute er sich. »Der Polizeipräfekt von Paris, der Comte de Ligny, der Kammerherr des Königs selbst und der Herzog von Choiseule. Und hier...« er tippte mit dem Finger auf die Stelle...

»hier sollte vielleicht gerade der Name des Mannes kommen, den wir hauptsächlich suchen, der Name unseres großen Gegenspielers. Buron schrieb: ›Herzog von...‹, dann kommt ein halber runder Strich – in diesem Augenblick, im letzten, traf ihn der Dolch. ›Herzog von...‹ Meine Herren, unser Feind steht nicht weit von der Krone. Der halbe *runde* Strich regt mich zu einem Verdacht an. Er könnte leicht zu einem ›O‹ und damit zu einem ›Orléans‹ vollendet werden. Wenn das zutrifft... mon Dieu...«

Der Kommandant verstummte kurz und schloß dann: »Der Dauphin soll entscheiden!«

Anschließend wurden einige Gardisten gerufen, denen gesagt wurde: »Die Leiche kommt ins Schloß des Dauphins. Dort wird auch über das Begräbnis verfügt.«

Der Kommandant rief: »Comte de Fougère!«

»Marquis?« Ein junger Offizier trat aus der Reihe vor.

»Hier, ich übergebe Ihnen diese Liste. Ich selbst habe noch einen Ritt nach Neuilly vor. Ihr bringt die Liste sofort zum König und haftet mir mit Eurem Leben für sie. Nehmt eine starke Eskorte mit, es könnte sein, daß man Euch daran hindern möchte, Eure Mission zu erfüllen.«

»Sehr wohl, Marquis.«

»Und wir, meine Herren – auf die Pferde! Hier kamen wir zu spät. Beim Chartier möchte ich das nicht noch einmal erleben, dies um so mehr nicht, als es gilt, ihn am Leben zu erhalten und nicht zu töten. Auf die Pferde also!«

Den lac supérieure entlang ritt die schwarze Kavalkade. Die vielen Trauerweiden in den Gärten wisperten im schwachen Morgenwind. Tautropfen glitzerten an den Blättern der Büsche und Bäume.

Durch den Jardin d'Acclimatation jagten die Rosse, Sand und Steine hinter sich aufwirbelnd, und einer dieser Steine fiel mit hartem Laut auf eine Bank im Park, auf der Alain Chartier vom Kuß des Falters geträumt hatte.

Durch das Schilf des Sees zog in der morgendlichen Stille sachte der erste schwarze Schwan.

VII

Schräg gegenüber der Église Notre Dame, jenseits der Seine-Insel, die der Pariser Île de France nennt, trabte in der fahlen Morgendämmerung ein dicker, kleiner Reiter, der sich oft mit seinem wurstartigen Zeigefinger zwischen Hals und Spitzenkragen fuhr, da er sogar in dieser morgendlichen Kühle nicht das Schwitzen unterdrücken konnte. Die Ursache nannten die Ärzte zwar Herzverfettung, doch der Herr Präfekt ließ das nicht gelten und hoffte, nach dem Aufstand Zeit genug zu haben, um seine schweißtreibenden Drüsen tief im Süden an der schäumenden Biskaya etwas zu kurieren.

Sorglos, ohne Ahnung von den nächtlichen Begebenheiten, trabte er die heutige Rue de Rivoli hinab und inspizierte an den Ecken die vor Schreck erstarrten Posten seiner Polizei, denn in den Zeiten, da der Krieg mit England und der Schweiz noch schwelte, zogen aus dem Wirrwarr dunkle Elemente ihren Nutzen. Der Präfekt hielt auf strenge Ordnung und ließ alle Plätze bewachen, die für Paris von Wichtigkeit waren.

Kurz vor dem heutigen Place de la Concorde, der damals eine weite, unbebaute Fläche war, auf welcher der Herr Präfekt die Polizei zum Appell versammelte, holte den dicken Reiter ein Gaul ein, der vom Diener des Präfekten bis aufs Blut gesporntund angetrieben worden war.

»Herr!« schrie der Diener. »Herr, die Wachen sind bei Euch!« Dann fiel er fast vom Pferd, rutschte herunter und lehnte sich an die Flanke des zitternden Gaules.

Der schwitzende Präfekt, der an den Süden gedacht hatte, mußte erst den Diener eine Weile anstarren, bis er begriff, daß diese Meldung gleichbedeutend war mit seinem Tod. Mit einem Satz, den ihm niemand zugetraut hätte, sprang er von seinem Pferd, riß den Diener an dessen Rockaufschlägen nah an sich heran und brüllte so laut, daß die fette Stimme grell sich überschlug: »Die Wache? Welche Wache?«

»Von der Königsgarde.«

»In meinem Haus? Was wollten sie? Sprich, Kerl, sprich!«

»Sie suchten Euch. Sie traktierten uns, die Dienerschaft, mit Fragen, wo Ihr heute wart, ob Ihr Besuche empfangt, ob Ihr den Comte de Buron als Freund betrachtet, ob –«

»Genug!« Der bebende Präfekt saß wieder auf dem Pferd und ließ es ungeduldig tänzeln. »Und du? Wie kamst du aus dem Haus?«

»Ich floh, als man die Keller durchsuchte.«

»Hier hast du Geld!« Der Dicke warf dem Diener einen Beutel zu. »Es reicht für dich ein halbes Jahr. Bis dahin sieht's in Frankreich wieder anders aus. Und nun – verschwinde! Ein halbes Jahr bist du gestorben, verstehst du!«

Mit weiten Sätzen sprang das Pferd des Präfekten davon, während der Diener auch auf seinen Gaul kletterte und in Richtung Ménilmontant entfloh. Mit harten Schlägen trieb der Lakai sein Tier zur höchsten Eile an, umritt die Wachen an der Mauer und versuchte, im Bogen an das Stadttor von Vincennes heranzukommen. Doch Paris war schon von der Garde und anderen königstreuen Einheiten ganz rasch abgeriegelt worden, und überall, wo der vor Angst zitternde Lakai den Durchbruch wagen wollte, stieß er auf gekreuzte Hellebarden.

Auch der Präfekt, der über Batignolles nach Clichy zu entfleuchen strebte, sah von den Speeren seiner eigenen Polizei den Weg versperrt. Fluchend riß er sein Pferd herum und trieb es in die Stadt zurück, um im dunklen Hafenviertel an den Quais einen Unterschlupf zu finden. Erschöpft und zitternd, ein gebrochener Mann, fettwabbelnd und vom Schweiß durchnäßt, als sei er gerade aus dem Bad gestiegen, fiel er im Keller eines kleinen Lagerschuppens neben einem Bordell auf ein Pritschenlager und hieb vor Wut und in stammelnder Verzweiflung mit beiden Fäusten gegen seine kalte, nasse, fleischige breite Stirn.

Am heutigen Place des Buttes Chaumont schoß eine Streife der Gardisten zur gleichen Stunde mit den Armbrüsten einen irrenden Reiter aus dem Sattel eines an den Flanken blutenden Gaules und entdeckte in den Taschen des Toten einen Beutel Gold, der mit dem allgemein bekannten Wappen des Polizeipräfekten bestickt war.

Als eine helle Sommersonne aufging und alle Blüten öffnete, stand ein General vor dem Dauphin und sagte: »Paris ist unter Kontrolle, es herrscht Ruhe. Die Verschwörer sind festgesetzt oder getötet. Lediglich der Polizeipräfekt hält sich noch versteckt.« Und mit erhobener Stimme fügte er hinzu: »Aber wir werden ihn finden, und wenn wir das letzte Haus der Stadt durchsuchen müssen! Das schwöre ich Euch, Königliche Hoheit!«

Zufrieden nickte der Dauphin und trat an eines der hohen Fenster. Im Garten jubilierte der morgendliche Chor der Vögel, ein Gärtner lief durch das taubenetzte Gras. Wie eine Feuerkugel schwamm die Sonne im Dunst des angebrochenen Tages, und zwischen hohen Pappeln blinkten schwach die Dächer von Paris.

VIII

Noch vor diesen ganzen Ereignissen, noch während der dicke, schwitzende, aus dem Mund riechende Polizeipräfekt in die Stallung seines Hauses Sattelsitz und den Putz der Hufe und des Felles seines Pferdes überprüft und dem bangenden Reitknecht einen ernsten, aber nicht mit Tadel erfüllten Blick zugeworfen hatte, näherte sich vom Jardin d'Acclimatation eine Kavalkade dem verträumten, einsamen Neuilly und sprengte vor das Haus der Brokatstickerin Jeanette, die bei dem Hufegeklapper an den Wagen dachte, der sie nach Beaulieu bringen sollte. Eilig raffte sie daher die gepackten Bündel zusammen, um sie vor die Tür zu tragen. Entsetzt sah sie den Marquis de Bréguérac, den Kommandanten der Garde, und seine Begleitoffiziere aus den Sätteln springen. Ohne zu zögern, stellte sie sich als lebende Barriere in die Tür.

»Wohnt hier der Dichter Chartier?« fragte lächelnd der große Marquis die kleine Stickerin und lüftete sogar den Federhut ein wenig, wovon Jeanette, aber noch mehr die Begleitung in Erstaunen versetzt wurde. »Ich wäre dir sehr dankbar, wenn du mich mit dem Poeten sprechen ließest.«

»Alain ist krank«, erwiderte Jeanette, ohne die Tür freizugeben. »Er hat vor wenigen Stunden wieder einen Blutsturz erlitten. Jetzt ist er schwach und schläft.«

»Wolltest du ihn verlassen?« fragte der Marquis, einen Blick auf die armseligen Gepäckstücke werfend. »Wenn Chartier so krank ist, muß er gepflegt werden.«

Ein Vorwurf war das, und die Augen des Marquis blickten scharf der verweinten, wie im Fieber zitternden Jeanette ins Gesicht.

»Ich komme in des Dauphins Auftrag«, sagte er. »Gib den Weg frei.«

»Ihr wollt ihn morden!« schrie das Mädchen auf und wich keinen Schritt, ja, stieß den auf sie zukommenden Marquis mit der starken Kraft weiblicher Verzweiflung zurück. »Ihr wollt ihn töten, weil die Dauphine ihn im Park geküßt hat! Ich weiß es, alle wissen es, nur er ahnt noch nicht das Unglück, das der Kuß ihm bringt!«

»Wer küßte mich?«

Entsetzt fuhr Jeanette herum und hielt die Hand vor ihren Mund, um nicht grell aufzuschreien. Hinter ihr stand, blutüberspritzt, mit bloßer, feuchter Brust, mit flackernden Augen blaß und schmal Chartier, stützte sich mit der Hand an den Türpfosten und starrte Bréguérac, Jeanette und die Uniformierten an, als sähe er in ihnen fremde, traumgeborene Wesen. So ergreifend war der Anblick des vom Tode gezeichneten Mannes, daß selbst der nach Rang und Namen hoch über ihm stehende Kommandant der Garde den Hut vom Kopf nahm und stumm dem Dichter in die glühenden Augen sah.

Mit langsamen, unsicher tappenden Schritten trat Chartier ins Freie, schloß mit der linken Hand das Hemd über der Brust, als schäme er sich vor den Offizieren, warf seine wirren Haare durch eine schnelle Kopfbewegung in den Nacken und wischte mit der Rechten eine kleine Kruste hellrot erstarrten Blutes aus dem Mundwinkel. Und plötzlich flog ein Lächeln über seine fahlen, fast zerstörten Züge.

»Die Dauphine hat mich geküßt? Das muß gewesen sein, als ich schlief. Und ich träumte von einem Falter.«

Chartiers Lächeln verschwand, und er wandte sich direkt an den Kommandanten.

»Seid Ihr nicht der Marquis de Bréguérac?«

»Ihr kennt mich?«

»Wer kennt Euch nicht? Ihr seid der Kommandant der Garde!«

»Ich komme im Auftrag des Dauphins.«

Chartier mußte sich nun vor Schwäche mit seiner ganzen Gestalt an den Türpfosten lehnen.

»Will der um einen Kuß betrogene Gatte«, fragte er müde, »mich für einen Traum zerreißen lassen? Will er, daß ich gerädert werde?«

Der Dichter zuckte lethargisch die Achseln und trat ins Haus.

»Ich ziehe nur die Jacke an. Es ist kühl, bis die Sonne eines neuen Tages aufgeht. Erlaubt, daß ich wenigstens nicht mehr friere, ehe sich die Folterknechte meiner annehmen.«

»Ihr seid befallen von einem einzigen großen Irrtum!« Der kopfschüttelnde Marquis trat an der weinenden Jeanette vorbei auch ins Haus und blieb unter der im Luftzug wie immer hin und her schwingenden Ampel stehen. »Der Dauphin sendet Euch ein Schreiben. Hier ist es. Ich kenne den Inhalt nicht, aber eines ist sicher: Der Dauphin will nicht das von Euch, was Ihr befürchtet. Einem Manne, dessen Leben er fordert, schickt er nicht einen Brief, noch dazu durch mich!«

Baß erstaunt nahm Chartier den versiegelten Umschlag entgegen, während der Marquis seine Erläuterungen noch fortsetzte, indem er sagte: »Der Brief ist nicht mehr ganz neu, er mußte einige Zeit liegen bleiben. Die Gründe sind: Erstens haben sich gewisse Ereignisse angekündigt, die uns voll und ganz in Anspruch nahmen; wir kamen plötzlich dahinter, daß der Staat auf dem

Spiele stand. Und zweitens wart Ihr über Nacht verschwunden und mußtet erst wieder ausfindig gemacht werden. Wie ich mir jetzt aber denken kann, war dafür Euer Krankheitsanfall verantwortlich, der Euch wohl hierher verschlagen hat.«

Alain Chartier nickte müde.

Hier stinkt's, dachte der Hochadelige angewidert. Hoffentlich komme ich bald wieder raus hier, sonst wird mir übel. Wann geruht er endlich, den Brief zu lesen?

Langsam öffnete Chartier den Umschlag, nachdem die Kraft seiner Finger fast nicht gereicht hätte, das Siegel zu erbrechen. Dann begann er zu lesen.

Der Marquis betrachtete ihn dabei. Ich habe es mit einem Toten zu tun, sagte er sich. Der Dauphin ahnt nicht, mit wem er sich da in Verbindung setzte. Und die Dauphine, wo hatte sie ihre Augen, ihren Geschmack, als sie den küßte?

Die Ampel ruhte nicht. Der Marquis griff nach ihr und hielt sie fest, da ihn ihr Pendeln maßlos reizte.

Unheimlich still war es in der düsteren Kammer. Auch von draußen kam kein Ton herein. Dort standen die Offiziere und lauschten, ebenso wie Jeanette, ins Haus hinein. Nur ein Knistern der Kerze in der Ampel wurde ab und zu vernehmbar.

»Mon cher ami, ich liebe Dichter, die von Königsküssen träumen, denn maßlos ist die Kunst allein im Unterbewußten. Man soll die Sonne loben, ohne Drang, sie zu besitzen.«

Mit leiser Stimme, die trotzdem plötzlich überlaut den stillen Raum erfüllte, hatte Alain Chartier den Nachsatz des Dauphins vorgelesen, und der Marquis, der in Wahrheit ein ungebildeter, den Künsten keineswegs zugetaner Mann war, wunderte sich über einen solch königlichen Blödsinn.

Chartier blickte auf, in maßloser Verwunderung, als sei ihm eines der Welträtsel verkündet worden, und sagte zum Marquis de Bréguérac: »Das kann ich nicht glauben.«

»Was könnt Ihr nicht glauben?«

»Das, was hier steht.«

»Und was steht da? Ich kenne, wie gesagt, den Inhalt des Briefes nicht.«

»Der Dauphin lädt mich zum Hofball ein.«

Das konnte nun auch der Marquis de Bréguérac nicht glauben, und so stieß er denn hervor: »Zu was lädt der Dauphin ein?«

»Zum Hofball.«

Der Marquis fiel völlig aus der Rolle.

»Unmöglich!«

»Bitte, überzeugt Euch selbst«, sagte Chartier und überließ dem anderen den Brief.

»Unmöglich!« stieß der edle Marquis dann noch einmal kopfschüttelnd hervor, obwohl ihm der Text des Briefes keine andere Möglichkeit gelassen hatte, als das zu glauben, was von Chartier gesagt worden war.

Warum das Ganze unmöglich war, das ging aus der Frage hervor, die der Edelmann an den Dichter richtete: »Was wolltet Ihr den anziehen?«

Darauf fand Chartier nicht gleich eine Antwort, und für den Marquis war alles klar.

»Ihr dürft der Einladung keine Folge leisten«, sagte er. »Das ist die einzige Lösung, auch in Euren Augen, glaube ich. Ihr könnt ja Eure Krankheit vorschützen. Am besten wird sein, ich sage selbst dem Dauphin Bescheid. Ja, das tue ich, ich verspreche es Euch.«

Sein ganzer Stolz bäumte sich in Alain Chartier auf.

»Nein!« sagte er mit fester Stimme.

»Was nein?« fragte überrascht der Marquis.

»Ich nehme die Einladung an!«

»Ihr nehmt...«

Der Marquis verstummte.

Dann fielen ihm die Damen ein, die am Hofball teilnehmen würden, und entsetzt rief er: »Wozu denn? Ihr werdet nicht zu einem einzigen Tanz kommen!«

»Zu einem vielleicht doch.«

»Impossible! Mit wem?«

»Mit Ihrer Königlichen Hoheit.«

Verblüfft, ja geschlagen schwieg der Marquis. Gewiß, das war durchaus möglich, der exzentrischen Dauphine mußte man alles zutrauen, gerade im Zusammenhang mit diesem Dichter hier. Bewies das nicht der Vorfall im Bois de Boulogne?

Eine letzte Hoffnung hegte der Marquis, der inzwischen den Brief an Chartier zurückgegeben hatte.

»Die Einladung gilt ja«, sagte er, auf den Brief in Chartiers Hand zeigend, »schon für den heutigen Tag.«

»Ich weiß«, nickte der Dichter. »So steht's, deutlich genug geschrieben, auf dem Papier.«

»Der Dauphin konnte, als er dieser Laune nachgab, nicht ahnen, was sich schon sehr bald ereignen würde. Verschwörer trachteten ihm nach dem Leben.«

»Die finsteren Pläne konnten, wie ich annehme, abgewendet werden, sonst stündet Ihr nicht hier und würdet mir von ihnen berichten.«

»In der heutigen Nacht erst setzten unsere Gegenschläge ein.«

»Und ich wiederhole: Die Gegenschläge waren, nehme ich an, von Erfolg gekrönt.«

»Aber der Dauphin hat jetzt trotzdem noch etwas anderes im Kopf als Hofbälle. *Das* will ich sagen.«

»Ihr meint, die Veranstaltung fällt aus?«

»Ganz sicher!«

»Sollte dem so sein, werde ich es früh genug am Einlaß des Schlosses erfahren.«

Zorn bemächtigte sich des Kommandanten der Garde.

»Ihr bleibt also stur?«

»Stur? Was heißt das denn? Ich kenne dieses Wort nicht.«

»Es stammt aus dem Deutschen. Ich hörte es oft während eines Aufenthalts in Trier am Rhein. Es trifft genau Euer Verhalten.«

»Liegt Trier nicht an der Mosel?« antwortete Chartier in unverkennbarem Spott.

Der Marquis errötete.

»Kann sein«, meinte er wegwerfend. »Ob Rhein oder Mosel, das ist egal. Ein Wasserlauf war's, auf dem wir mit dem Schiff gefahren sind. Entscheidend ist etwas anderes, nämlich eben die Tatsache, daß Ihr, wie gesagt, stur bleiben wollt.«

»Langsam verstehe ich, was das Wort zum Ausdruck bringen will.«

»Was denn?«

»Beharrlichkeit.«

»Nein, nein!« rief der Kommandant. »Der Unterschied ist groß! Beharrlichkeit ist etwas Positives! Sturheit, wie das Substantiv im Deutschen heißt, ist etwas Negatives!«

»Und Ihr meint also, es wäre etwas Negatives, wenn ich der Einladung des Dauphin Folge leisten würde?«

»Ja.«

Ein neuer Hustenanfall erschütterte plötzlich Chartiers Körper. Blut wurde am Mund wieder sichtbar. Der Dichter mußte sich aufs zerwühlte Bett setzen.

Als der Anfall vorüber war, sagte der Marquis: »Seht Euch doch an, Ihr könnt Euch nicht einmal mehr auf den Beinen halten und wollt zu einem Ball gehen; das ist lächerlich!«

»Ich kenne das«, antwortete Chartier mit schwacher Stimme. »Es wechselt ab. Kurz darauf kann es sein, daß ich mich wieder erstaunlich kräftig fühle. Auf eine solche Phase hoffe ich für heute abend.«

Endlich sah der Marquis de Bréguérac ein, daß es keinen Zweck hatte, den Hofball vor einer Katastrophe bewahren zu wollen. Jedes Wort war hier in den Wind gesprochen. Am liebsten wäre deshalb der Hochadelige zum Schluß noch außerordentlich ordinär geworden und hätte Zuflucht zu einer weiteren deutschen Formulierung genommen, die er auch in Trier an der Mosel – nicht am Rhein – aufgeschnappt hatte, eine Formulierung, welche gute dreieinhalb Jahrhunderte später durch den größten deutschen Dichter der Weltliteratur eingeführt wurde; die Rede ist von Johann Wolfgang von Goethe und seinem Stück ›Götz von Berlichingen‹.

Sich beherrschend, machte der Marquis stumm auf dem Absatz kehrt und wandte sich zur Tür. Dort drehte er sich aber noch einmal um und sagte in verletzender Schärfe zu Chartier: »Ihr werdet doch wenigstens ein Bad nehmen, ehe Ihr hier aufbrecht?«

Dann fiel die Tür hinter ihm zu, und der Lärm, der sich draußen erhob, kündete davon, daß sich der Kommandant und seine berittene Begleitung rasch entfernte. Den fühlbarsten Schaden vom Ganzen hatte nun das Pferd des Marquis, der in seiner Stimmung am Zaumzeug riß und dem geplagten Tier die Sporen in die Flanken stieß. Und immer wenn der Gaul dann nach vorne schoß, wurde er wieder schmerzhaft gezügelt.

Alain Chartier saß auf seinem Bett und las noch einmal den Brief des Dauphins. Spürte er, daß sich die große Wende seines Lebens angebahnt hatte? Meinte er, daß er aus dem Dunkel des Elends ins Licht jener Zeit zu treten sich anschickte? Fühlte er das? Man weiß es nicht.

Man weiß – und auch er selbst wußte das sicher damals schon –, daß er nur noch eine knappe Zeit zum Leben hatte, zwei, drei Jährchen.

Sogar das Sitzen auf seinem Bett ermüdete ihn, er legte sich, die Augen fielen ihm zu, und er schlief.

Als Alain Chartier wieder die Lider aufschlug, stand die Sonne hell am Himmel. Er entsann sich der letzten Worte des Kommandanten. – Nun gut, dachte er, auch wenn er mich noch so sehr beleidigt hat, dieser arrogante Bréguérac, in einem hat er recht: Ich brauche ein Bad.

Er setzte sich auf, strich die verschwitzten Haare aus der Stirn, rutschte vom Bett und schlürfte mit zögernden, ziellosen Schritten in der Kammer umher. Und ähnlich taten es seine Gedanken.

Dann aber hatte er den letzten Rest von Schlaf abgeschüttelt.

Er blickte sich um, ganz so, als suche er im Raum einen vertrauten Gegenstand. Und als er nicht auf seinem Platz war, rief er leise: »Jeanette?«

Nichts. Keine Antwort. Irgendwo im Haus knackte eine Diele. Doch das war oben, unterm Dach.

»Jeanette? Wo bist du denn?«

Nur das Rauschen des Windes in den Ästen der alten Ulme dort draußen war zu vernehmen, und das leise Scharren jetzt, als ihre Zweige über das Dach strichen.

Chartier seufzte, ungeduldig zunächst, doch dann mit einem Unterton von Besorgnis.

Er sah sich um. Der vertraute Raum. In der Ecke der Tisch mit seinen Büchern. Auf dem Fußboden wiederum Bücher, zu Stapeln gehäuft. An der Wand daneben hing zwischen den beiden Fenstern ein kunstvoller Teppich. Den kleinen Gobelin hatte ihm die Gräfin von Poitou geschenkt. Er zeigte den Lebensbaum mit der Schlange der Erkenntnis. Ach, die Gräfin, – sie war nicht nur eine Verehrerin seiner Dichtkunst, sie hatte auch sonst noch manches an ihm zu schätzen gewußt.

Alain lächelte wehmütig. Wieviel Zeit war inzwischen verflossen. Alles schien so lange her, so weit... Jeanette blieb seine einzige Gegenwart. Doch was war in sie gefahren?

Stiche schmerzten in seiner Brust wie kleine, glühende Nadelspitzen, und dann spürte er, wie der Husten ihm in die Kehle zu kriechen suchte, so, als versuche er ihn an seine Vergänglichkeit, an die Vergeblichkeit seines Tuns zu erinnern.

Er würde nicht husten. Dieses eine Mal nicht... Die Krankheit hatte für Alain längst Gestalt angenommen, sie war die Ratte, die in ihm nagte, Fetzen aus seiner Lunge riß, sie wieder ausspuckte, so daß sie ihm als blutiger Auswurf in den Mund stieg. Sie peinigte, entsetzte ihn, dies ja, doch eines hatte sie nie vermocht: seinen Schaffenswillen zu zerstören, ihm die Hoffnung auf den Morgen zu nehmen. Es war noch immer ein Stück Weg zu sehen. Und solange dies Herz noch schlug, würde es seine Gedanken befeuern.

Sein Lebensbaum –, er trieb die letzten Blätter... Aber denken konnte er noch immer. Und denken, bedeutete es nicht auch handeln? Wie viele Jahre hatte er mit dem Studium der Humanitas zugebracht, wieviel edle Ideen entworfen und sie zu Papier gebracht. – Ja, die letzten Blätter am Baum grünten noch immer. Solange Hoffnung ist, etwas zu vollbringen, ist es nicht zu spät.

Es war, als breche die Sonne durch die Verwirrung, die einem Nebel gleich die letzten Jahre umfangen hatte.

»Ihr seid ein Patriot wie ich, Chartier.« Es war die Stimme aus dem Bois de Boulogne, die Stimme des alten Mannes, der sich gespenstergleich aus den Schatten der Stämme materialisiert hatte, um ihn zum Handeln aufzufordern: »Frankreich ist in Gefahr.«

Er aber hatte diesem Satz sein ›ich dichte‹ entgegengeschleudert – eine Antwort ebenso anmaßend wie lächerlich. Denn das Gespenst aus dem Wald war im Recht.

Hatte er es nicht am eigenen Leib erfahren? Sieben Jahre Königsdienst – sieben Jahre der Tanz auf dem Wollfaden über einem Abgrund. Den Abgrund kannte er noch heute mit all seinen Gefahren. Noch immer erreichten ihn Berichte vom Hof. Doch wie der Dichter des Rosen-Romans hatte er sich gesagt, daß die Zeit sich nicht aufhalten läßt, daß jeder Tag vergeht, ohne je wiederzukehren, so wie das Wasser, das zu Tale stürzt und keinen Tropfen zurückfließen läßt. Die Zeit, gegen die nichts besteht, weder Eisen noch ein anderer harter Stoff, die alles zerstört und zerfrißt, die alle Dinge wandelt, alles wachsen läßt und nährt und alles verbraucht und verzehrt, das Materielle wie das Geistige, meine Träume, mein Fleisch, mein süßes Leben...

Dennoch, die Erkenntnis traf Alain Chartier wie ein unerträglich heller Lichtstrahl, dennoch gibt es Dinge, die, gerade weil im Wandel, beständig bleiben.

Eine Krone kann fallen, geschändet oder dem, der sie trägt, entrissen werden. Die Nation aber bleibt lebendig, muß weiterwachsen, braucht neue Träger und neue Formen. Die Nation ist ein lebendiges Wesen und ihr, ihr gilt mein letzter Dienst.

Der Alte aus dem Wald hat mich dazu aufgefordert, weil die Schatten der Gefahren wachsen. Bréguérac brachte mir die Einladung, weil ich die Feinde Frankreichs kenne, ob sie nun der Burgunder aussendet oder ob sie sich im eigenen Familienhort der Orleans formieren. – Deshalb hat der Dauphin nach mir geschickt.

Eine Art Fieber hatte Alain Chartier ergriffen. Es war

ein Wärmegefühl, das er wie ein unendliches Glück empfand und das seinen Körper durchströmte, um ihm neue Kraft zu geben.

Er verließ das Haus. Da lag der Garten, die Rosen blühten, dort stand der Tisch, an dem er so oft gesessen.

Jeanette?

»Jeanette!« rief er wieder.

Er mußte es ihr sagen.

Er hatte keine andere Wahl. Es würde keine Reise in den Süden geben. Sein Leben, das kleine bißchen Leben, das er noch besaß, gehörte nicht mehr ihm. Denn wenn, wie die Dinge nun mal lagen, ein einzelner Mensch die Zukunft Frankreichs verkörperte, gehörte seine letzte Kraft dem Dauphin.

»Dem Flusse gleich, der seinem Ziele folgt...«

Alain Chartier zitierte sich selbst. Er hatte die Tür erreicht. Mußte nicht husten. Im Gegenteil, nun konnte er atmen. Und ob er atmen konnte.

Das Licht aus der Stube warf seinen Schatten lang und schmal über die Dielen, der Korridor aber lag vor ihm wie eine dunkle, düstere Schlucht. Jeanette hatte alles vorbereitet. Das Gepäck wartete. »Der Fuhrmann kommt gleich nach dem Mittagsläuten«, hatte sie gesagt.

Liebe Jeanette, süße Jeanette, arme Jeanette... Wie werde ich es dir sagen? Und wie wirst du es aufnehmen?

Ein unschlüssiger Alain Chartier starrte auf das bißchen Habe zu seinen Füßen. Zwei Bündel waren es, mit Riemen festgezurrt. Daneben sein alter Koffer. Und eine kleine Truhe. – Und meine Bücher?... Er dachte es beinahe automatisch, und der Vorwurf darin ließ ihn lächeln.

Es würde keine Reise geben. Und so konnten die Bücher hierbleiben.

Jeanette aber, sie würde ihn verstehen. So wie sie

ihn, wenn auch manchmal unter Mühen, stets verstanden hatte.

Nur – wo steckte sie, zum Teufel?...

IX

Die Dauphine Margarete von Schottland hatte eine unruhige Nacht hinter sich – nicht eine Nacht der Liebe mit ihrem Mann, sondern eine Nacht lebhafter, mehr oder minder ungewohnter Geräusche. Die Korridore waren voll gewesen von Getrampel eilender Füße, der Hof des Schlosses hatte gebebt unter dem Marschtritt der Garde. An den Fenstern war der Schein von Fackeln vorübergehuscht, und das Wiehern aufgeschreckter Pferde aus den Stallungen hatte, zusammen mit allem anderen, die Frage nahegelegt, was denn los sei.

Die Dauphine hätte ja, wenn sie eine normale Sterbliche gewesen wäre, aus ihrem Bett aufstehen, ihre Gemächer verlassen und selbst nachsehen können. Das war jedoch absolut nicht in Frage gekommen. Die Würde der Dauphine, noch schwer angeschlagen vom Kuß im Bois, hätte sich damit einfach nicht vertragen.

Am Morgen, beim Ankleiden, wollte Margarete von ihrer Kammerzofe wissen, was sich nachts zugetragen hatte.

»Nachts?« antwortete das Mädchen völlig erstaunt.

»Hast du nichts gehört?« ärgerte sich die Dauphine.

»Überhaupt nichts, Königliche Hoheit.«

»Es ging doch zu, daß einem himmelangst werden konnte.«

»Ich habe, wie ich Euch schon oft sagte, einen sehr tiefen Schlaf, Königliche Hoheit.«

Die Kammerzofe war ein kluges Kind, ein dienender Geist, der wußte, wann es sich empfahl, vorsichtshalber nichts gesehen, nichts gehört, nichts bemerkt zu haben. »Sich aus allem raushalten!« lautet die Devise der Schwachen, wenn die Mächtigen sich in den Haaren liegen.

»Weißt du, woran ich glaube?« sagte die Dauphine zu ihrer Kammerzofe.

»Woran, Königliche Hoheit?«

»Daß du deinen Schlaf wieder mit einem deiner Liebhaber geteilt und deshalb nichts anderes mehr gehört und gesehen hast. Wie viele hast du denn eigentlich?«

»Keinen, Königliche Hoheit, ich bin ein reines Mädchen.«

»Keinen?«

»Keinen.«

»Du bist ein reines Mädchen?«

Die Zofe behauptete auch dies noch einmal.

Daraufhin sagte die Dauphine: »Schau hinauf zur Zimmerdecke. Siehst du etwas?«

»Nein, Königliche Hoheit.«

»Ich aber sehe die Balken, die sich biegen, du schamlose Lügnerin!«

Dies sagend, schlug die Dauphine mit einem Schuh nach der Zofe und scheuchte sie aus dem Zimmer.

»Ich will dich heute nicht mehr sehen!« rief sie ihr nach.

Zwei Minuten später drang der Ruf aus dem königlichen Gemach: »Danielle!«

Die Zofe, die auf dem Korridor, mit dem Ohr an der Tür gewartet hatte, spritzte wieder hinein zu ihrer Herrin.

»Wo treibst du dich denn herum?« wurde sie empfangen. »Soll ich mich vielleicht allein ankleiden? Ich frage mich, wozu ich dich habe.«

Nach dem Frühstück stand für die Dauphine der Morgenritt auf dem Programm.

»Heute nachmittag«, sagte sie zur Zofe, »hätte ich Lust zu einem Geschicklichkeitsspiel, du weißt schon, mit diesen Steinen aus Spanien. Dazu brauche ich einige Damen und den Comte de Buron sowie den Polizeipräfekten. Ich mag die beiden zwar nicht besonders – das geht dich aber nichts an, hör mir also nicht so neugierig zu –, doch sie spielen am besten. Man kann von ihnen lernen. Erinnere mich nach dem Morgenritt daran, daß ich sie verständigen lasse. Vergiß es nicht, sonst bekommst du Hiebe.«

Die Dauphine ahnte nicht, daß sie sich zu ihrem Spielchen zwei andere Teilnehmer einfallen lassen mußte.

Bei ihrem Ritt stieß die Dauphine von Anfang an auf ungewohnte Bilder. Schon ihr Reitknecht, der ihr in den Sattel half, ein lustiger Bursche, wirkte an diesem Tag keineswegs lustig. Scheu war sein Blick, fahrig waren seine Handgriffe, die von einer sich auch auf das Pferd übertragenden Nervosität kündeten.

In der Stadt sah die Dauphine die Mauern von Truppen besetzt, die Tore waren zu, und durch die Straßen zogen starke Streifen, die auch an den Quais besonders in Erscheinung traten. Das ganze Militär schien aufgeboten zu sein. Zivilisten waren kaum zu sehen, sie schienen es vorzuziehen, in ihren Häusern zu bleiben.

Kopfschüttelnd kam Margarete ins Schloß zurück, wo der Dauphin an einem der hohen Fenster seines Arbeitsraumes stand und in den herrlichen Morgen hinausstarrte. Auf der geschwungenen Treppe begegnete die Dauphine dem Marquis de Bréguérac, der aber nicht, wie sonst, stehenblieb, um ein paar freundliche Worte von ihr zu ernten, sondern nur ergebenst grüßte und weitereilte.

Kurzentschlossen wandte sich die Dauphine dem Arbeitszimmer ihres Gemahls zu, klopfte und trat ein. Die Kammerherren im Vorraum blieben erstarrt zurück; das Wagnis, ohne Meldung eines Adjutanten beim Dauphin einzudringen, erschien ihnen ungeheuerlich.

Der Dauphin wandte sich um und sah erstaunt seine Gemahlin ins Zimmer kommen. Keck wippte die Feder an ihrem Reithut. Eine Wolke guter Riechstoffe wehte ihr voraus. Ihre großen, blauen Augen baten um Verzeihung für ihr ungewöhnliches Benehmen.

»Margaret?« Der Dauphin trat ein paar Schritte ins Zimmer, verbeugte sich und blickte ihr fragend ins Gesicht. »Es muß ein außerordentlicher Anlaß sein, der es zustandebringt, daß ich dich hier sehe.«

Die Dauphine ging nicht lange um den heißen Brei herum, sondern antwortete: »Ich möchte wissen, was los ist. Die Nacht schon war voller Unruhe, und nun sah ich die ganze Stadt praktisch in der Hand der Truppen. Niemand weiht mich in die Ereignisse ein. Ist mein Herr Gemahl willens das zu tun?«

»Ja«, nickte Ludwig nach kurzem Zögern, trug einen Stuhl zu Margaret, küßte ihr die Hand und bat sie, sich zu setzen. »Du kommst im ernstesten Moment des Landes. Unser aller Schicksal hing an einem seidenen Faden.«

»Mon Dieu!« stieß die Dauphine erschrocken hervor.

»Der König, ich, du – wir sollten ohne Erbarmen ermordet werden.«

»Ich auch?« entsetzte sich spontan die Dauphine, die für ihren gesunden Selbsterhaltungstrieb bekannt war.

»Wir alle.«

»Von wem? Nenne mir die Ruchlosen!«

»Einige bewegten sich in deiner nächsten Nähe.«

»Wer?«

»Zum Beispiel der Comte de Buron...«

»Nein!« schrie die Dauphine.

»Der Polizeipräfekt von Paris...«

»Nein!« schrie die Dauphine noch lauter.

»Von den beiden stellt sich sogar mehr und mehr heraus, daß sie als die sogenannten treibenden Kräfte eines ganzen blutigen Aufstandes, der geplant war, angesehen werden müssen.«

Die Dauphine war immer noch fassungslos.

»Ich kann das nicht glauben«, stammelte sie entsetzt.

»Deine Vernichtung erschien ihnen im besonderen Maße erstrebenswert und...« Der Dauphin machte eine kleine Pause... »... vergnüglich.«

Die Augen der Dauphine begannen zu glühen.

»Du wirst sie entsprechend bestrafen«, sagte sie. »Laß sie zu Tode foltern. Ich würde gerne zusehen. Ich möchte sie in ihrer Qual schreien hören.«

»Buron kann nicht mehr schreien.«

»Warum nicht?«

»Er wurde schon getötet. Man hat ihn erdolcht, ehe die Garde seiner habhaft werden konnte.«

»Schade. Und der Präfekt?«

»Bei dem wird es dir möglich sein, ihn wimmern zu hören. Sobald wir ihn haben, bekommen die Folterknechte zu tun«, sagte der Dauphin haßerfüllt.

»Sobald ihr ihn habt?« Die Stimme der Dauphine klang abgrundtief enttäuscht. »Habt ihr ihn denn noch nicht?«

»Es gelang ihm, zu entwischen. Aber keine Sorge, meine Liebe, wir kriegen ihn, wir finden das Loch, in das er sich verkrochen hat. Die ganze Stadt ist so abgeriegelt, daß keine Maus aus ihr herausschlüpfen kann. General Dubois leitet die Fahndung. Er hat mir geschworen, den Hochverräter zu finden, und wenn er das letzte Haus von Paris durchsuchen lassen muß.«

»Hoffentlich verspricht er nicht zuviel.«

»Das glaube ich nicht. Dubois ist dafür bekannt, daß er seinen Männern keinen Augenblick Ruhe gönnt, bis sein Ziel erreicht ist, und wenn's die Sterne sind, die er für sein Königshaus vom Himmel holen will. So hat er selbst einmal gesagt.«

»Er ist also doch einer von denen«, meinte die Dauphine mit skeptischer Miene, »die zuviel verheißen.«

»Der Präfekt wird ihm nicht entgehen, verlaß dich nur darauf.«

»Und was geschieht mit den anderen? Du hast von einem ganzen Aufstand gesprochen, der geplant war. Dazu gehören viele.«

»Jeden wird die Strafe treffen.«

»Welche Strafe? Die gleiche wie die für den Präfekten?«

Der Dauphin schwieg unschlüssig.

»Du kannst sie nicht alle zu Tode foltern lassen«, sagte daraufhin rasch die Dauphine, die sich nun doch wieder daran erinnerte, daß sie eine Frau war.

»Warum nicht?«

»Weil du nicht in die Geschichte eingehen sollst als Ludwig der Grausame.«

Überrascht blickte der Dauphin seine Gemahlin an, nickte dann und sagte lächelnd: »Du denkst also eher an einen Gnadenakt, an eine große Amnestie?«

»Ja«, antwortete auch lächelnd die Dauphine.

»Das wird aber nicht genügen, meine Liebe. Es muß auch der Boden verändert werden, auf dem die Rebellion gedeihen konnte. Der aufrührerische Gedanke hat, soviel war schon festzustellen, Anklang beim Volk gefunden. Haß gegen den König und mich und dich hegten nicht nur Buron und der Präfekt, wenn auch aus anderen Gründen. Und dem will ich nachgeben. Es muß Grund zum Klagen gegeben haben. Abhilfe zu schaffen, wird mein Ziel sein. Ich will über mein Volk herrschen, ja, einst als König – aber nicht, indem ich Tyrannei ausübe. Meine Regentschaft soll eine der Achtung sein, die mir vom Volk entgegengebracht wird. Um dieses Ziel zu erreichen, muß ich noch einiges tun, scheint mir. Aber ich bin fest dazu entschlossen.«

Der Dauphin ging an seinen alten Platz am Fenster zurück und schaute wieder in den sommerlichen Park hinaus. Er spürte förmlich, daß ihn die Blicke der Dauphine im Rücken trafen, daß sie ihn musterte und abwog, ob er wohl stark und lauter genug für sein Programm sein werde, von dem er ihr soeben einen Abriß gegeben hatte.

Dann fällte sie ihr Urteil. Tränen stiegen ihr in die Augen, nicht Tränen der Enttäuschung, sondern der Freude.

Der Dauphin drehte sich um und entdeckte die Rührung im Gesicht seiner Gattin. Rasch trat er zu ihr, zog sie von ihrem Stuhl hoch und umarmte sie.

Selig blickte sie ihn an.

»Ich werde immer an deiner Seite stehen«, flüsterte sie.

»Jeanette ... verzeih! Jeanette, bitte, versuch doch zu verstehen ...«

Versuchen – damit war es nicht getan.

Und verzeihen und verstehen? Große Worte ... so einfach auszusprechen und stets dann gebraucht, wenn es galt, der Demütigung die Last zu nehmen. Was machte es ihr, daß der Kuß, den die Dauphine im Park Alain gegeben hatte, das Gespräch der ganzen Stadt geworden war, daß selbst einer wie dieser Galgenvogel von Villon das Maul im Spott darüber zerriß? Was scherte es sie, daß eine Prinzessin darauf verfiel, schlafende Dichter zu küssen? Das war es doch nicht?

»Versuch doch zu verstehen...«

Als ob sich all ihre Ängste, ihre ständige Sorge, ihre Opfer mit einem ›versuch-mich-doch-zu-verstehen‹ hinwegscheuchen ließen wie lästige Fliegen.

Sie verstand. Und ob! Denn nun wußte sie, was sie ihm war und was er stets in ihr gesehen hatte: Die Amme aus der Bretagne. Hatte er sie nicht oft genug so genannt? Und was sie für Scherz gehalten hatte, ihm war es ernst. Die Amme. Wärme. Ein junger Leib im Bett. Und nicht nur das, auch das Dach über dem Kopf, das Huhn auf dem Tisch, der Wein im Glas. Auch Dichter müssen essen, ehe sie sich wieder zu ihren Wolken hinauf verabschieden. Gepflegt hatte sie ihn, den Medicus gerufen, zur Post war sie gelaufen, um die Briefe zu holen, die ihn erreichten, selbst Briefe vom Königshof darunter.

Danke, Jeanette. Manchmal ein Kuß, ein Lächeln.

Und sie, sie konnte ihm das Blut von den Lippen wischen und die Nächte wachliegen, um auf das Auf und Ab seines Atems, auf diesen schrecklichen, zerstörerischen Husten zu achten.

»Verzeih mir, Jeanette. Versuch doch zu verstehen: Ich kann von hier nicht fort. Und wenn es mein Leben kostet, ich muß in Paris bleiben und mit dem Dauphin sprechen.« Und das Gepäck war geblieben, wo sie es hingestellt hatte. Im Gang...

Verzeih mir...

Jeanettes Fuß traf ein Stein. Es schmerzte, ließ sie stolpern. Ihre Tränen waren längst versiegt, doch die Augen schmerzten. Und mit diesen geröteten, schmerzenden Augen blickte sie einer Lerche nach, die steil über die Felder hinauf zum grauen Himmel stieg, nur noch ein Punkt war und sich noch immer mit der Erde durch ihr jubelndes Lied verband.

Ihr Körper war nun so schwer. Sie war so müde. Sie

setzte sich auf die Böschung des Weges. Feucht war die Luft, feucht und warm, und sie empfand sie wie einen fremden Mantel, der sich über Schultern und Arme gesenkt hatte.

Ihr Blick war geradeaus gerichtet. Büsche wuchsen dort am Rande des Feldes, und zwischen den Stämmen der Erlen zog sich still und grün der Fluß.

So oft schon hatte sie dort gesessen und hatte auf die Stimme der Strömung gelauscht, ein stetes Murmeln, ein leises Sprechen und manchmal, wenn der Fluß einen Ast herantrieb, war auch ein helles Rauschen zu vernehmen. Sie hörte dem Fluß zu, beobachtete das Wechselspiel von Licht und Farbe auf seiner Oberfläche. Wie die Haut eines Chamäleons, so vermochte sie sich zu verändern. Oder sie suchte die dunklen Formen der Steine in der Tiefe, an denen die Wasserpflanzen zerrten. Libellen schossen hin und her und zogen ihre leuchtendblauen Striche von einem Ufer zum anderen. Und an manchen Tagen hatte sie ganze Trauben von Schmetterlingen über dem Wasser gesehen.

Sie dachte an diese Schmetterlinge. Doch die Falter blieben nur ein zartes, tanzend verschwommenes Bild vor der Düsterkeit der Gedanken, die Jeanette nun bedrängten. An Anne dachte sie, an ihre Freundin Anne, und es war ihr, als höre sie Anne rufen. Anne und ihr Kind. Anne, die ihr Kind nicht haben durfte, weil niemand es ihr erlaubte, die sich aber auch nicht von ihm trennen konnte und deshalb dort hinüberging, hinüber zum Fluß.

Einfach hinübergehen...

Nichts weiter.

Auch sie hatte ihr Kind verloren. Und damit den Sinn ihres Lebens...

X

Vor dem Stadttor an der Avenue de Neuilly entspann sich an diesem späten Vormittag zwischen dem Kommandanten der dortigen Wache, einem Leutnant der Miliz, und einem wunderlich gekleideten, schwachbrüstigen und totenblassen Scholaren ein Streit. Letzterer begehrte Einlaß. Er behauptete – welcher Wahnsinn, welche Majestätsbeleidigung! – vom Dauphin ins Schloß eingeladen zu sein.

»Ich bin Alain Chartier«, setzte er hinzu.

Alain Chartier! Der Leutnant wollte sich fast vor Lachen biegen und blickte den Mann mit seinen wirren Haaren und dem Taillenrock wie einen Irren an. Alain Chartier, mit dessen Versen und Moralitätenlehren eine neue Richtung in der Literatur begann – parbleu, man sollte diesen Schwätzer da kurzerhand arretieren und wegen Hochstapelei vor den Richter schleifen!

»*Wer* willst du sein?« schrie der Leutnant.

»Alain Chartier.«

»Dann will ich der Papst in Rom sein!«

»Ich hätte nichts dagegen.«

Der Leutnant wandte sich an seine Untergebenen, die Zeugen der Szene waren und grinsten.

»Habt ihr das gehört? Er hätte nichts dagegen, wenn ich der Papst wäre. Oder der König von Portugal. Er hätte wohl auch nichts dagegen, wenn ich Gottvater wäre. Dafür soll ich, denkt er sicher, nichts dagegen haben, wenn er sich als Alain Chartier bezeichnet.«

Der Leutnant kehrte sich wieder dem Mann vor dem Tor zu.

»Ich *habe* aber etwas dagegen! Und wenn du jetzt nicht augenblicklich abhaust, wenn du nicht sofort deine Beine unter die Arme nimmst und verschwindest, werde ich dir zeigen, was ich dagegen habe! Du bekommst eine Tracht Prügel, die du dein ganzes Leben lang nicht vergessen wirst!«

»Ihr würdet Euch in Euer eigenes Unglück stürzen. Kam durch dieses Tor hier heute nicht schon der Marquis de Bérguérac mit einigen seiner Gardeoffiziere geritten?«

»Ja«, stieß der Leutnant überrascht hervor.

»Er hätte Euch sagen können, daß ich, Alain Chartier, auch noch hier erscheinen werde.«

Die Verblüffung des Leutnants wuchs.

»Wieso hätte der mir das sagen können?«

»Weil er von mir kam, nachdem er mit die Einladung des Dauphins überbracht hatte.«

Letzte Zweifel waren beseitigt. Der Kerl ist eindeutig wahnsinnig, sagte sich der Leutnant. Und Wahnsinnige müssen mit Nachsicht behandelt werden.

»Weißt du überhaupt, von wem du sprichst?« fragte er nun väterlich den Geistesgestörten.

»Das sagte ich ja: vom Marquis de Bérguérac.«

»Und weißt du, wer das ist?«

»Der Kommandant der Königsgarde.«

»Sieh mal einer an, du weißt das. Und er, der Kommandant der Königsgarde, hat dir eine Einladung überbracht?«

»Ja.«

»Vom Dauphin?«

»Ja.«

»Ins Schloß?«

»Ja.«

Der Leutnant hielt das nicht mehr länger aus. Sein Vorsatz, Nachsicht zu üben, zerbrach.

»Ja, ja, ja!« fing er plötzlich wieder an zu brüllen. »Du wagst es, mich zum Narren zu halten! Wenn du noch ein einziges Mal ja sagst, schneide ich dir die Zunge aus dem Maul! Ist dir klar, warum?«

»Nein.«

»Sag nicht nein, du Idiot! Sag ja! Das *muß* doch klar sein!«

»Wenn ich ja sage, schneidet Ihr mir die Zunge aus dem Maul, habt Ihr gedroht.«

Der Leutnant traf Anstalten, seinen Degen aus der Scheide zu reißen, um eine Bluttat zu begehen. Diese Bluttat zu verhindern, lag im Interesse Chartiers, der deshalb rasch den Umschlag, in dem seine Einladung ins Schloß steckte, zum Vorschein brachte und ihn dem tobenden Offizier hinhielt.

Rot leuchtete das Siegel des Dauphins, das zwar erbrochen, aber immerhin noch vorhanden war.

Der Leutnant erstarrte. Sein Blick saugte sich an dem Siegel fest. Sekundenlang herrschte Schweigen.

»Was ist das?« krächzte er dann, zum Umschlag nikkend, ohne ihn zu ergreifen.

»Die Einladung des Dauphins. Bitte, lest sie.«

Nun blieb dem Leutnant nichts anderes übrig, als das zu tun, wozu er sich aufgefordert hörte. Nachdem er das Schreckliche, das sein berserkerhaftes Auftreten total ins Unrecht setzte, zur Kenntnis genommen hatte, wußte er nicht, wie er sich aus der Situation herauswinden sollte, bis ihm einfiel, daß ja noch seine Untergebenen vorhanden waren, die als Blitzableiter dienen konnten.

»Ihr Hundesöhne!« brüllte er sie an. »Was steht ihr herum und grinst und glotzt unverschämt? Ich bin mit euch geschlagen und verlerne es dadurch, den himmelweiten Unterschied zwischen euch und einem Auserwählten zu sehen! Werft euch zu Boden, damit der größte Dichter Frankreichs sich seine Schuhe an euren Visagen abputzen kann, ehe er die Stadt Paris betritt!«

Alain Chartier verzichtete auf diesen Genuß, den er als solchen nur empfunden hätte, wenn ihm dazu das Gesicht des Leutnants zur Verfügung gestanden wäre. Er winkte ab und durchschritt das Tor, das vor ihm plötzlich, wie von Geisterhand bewegt, aufflog.

Der Leutnant lief neben ihm noch ein paar hundert Meter in die Stadt hinein her und hörte nicht auf, ihm mit Klagen in den Ohren zu liegen über seine Leute, die an allem schuld seien.

»Habt Ihr schon einmal mit solchen bornierten Ochsen zu tun gehabt?« fragte er den Dichter, der nur knappe Antworten gab und seinen Schritt beschleunigte, um den Leutnant abzuschütteln.

»Nein.«

»Seid froh. Man wird selbst auch noch ganz blöd davon; das hat sich ja soeben gezeigt.«

»Ja.«

»Könnt Ihr mir verzeihen?«

»Ja.«

»Oder werdet Ihr Euch revanchieren, indem Ihr mich dem Marquis de Bréguérac meldet?«

»Nein.«

»Auch nicht dem Dauphin?«

»Nein, sage ich!«

Chartier wußte ja nicht einmal, ob er dazu kommen würde, überhaupt ein Wort mit dem Dauphin zu wechseln. Möglich war doch sogar, daß der ganze Ball, wie der Kommandant der Garde gemeint hatte, ausfiel.

Der Leutnant, ein unverschämter Mensch, wollte sich vergewissern und fuhr fort: »Ihr schwört mir das?«

»Was?«

»Daß Ihr Euch bei niemandem über mich beschwert?«

Chartiers Absicht, dem lästigen Kerl zu enteilen, mußte als gescheitert angesehen werden. Der kräftige, gutgenährte Offizier hielt mit Leichtigkeit an der Seite des verhungerten, von seiner Krankheit ausgehöhlten Dichters. Alain Chartier blieb stehen.

»Ihr geht mir auf die Nerven«, sagte er.

»Ihr habt mir doch«, legte der Leutnant von seiner Impertinenz Zeugnis ab, »soeben verziehen.«

»Ja, aber –«

»Auch nicht dem Dauphin.«

»Ja, aber –«

»Dann könnt Ihr mir das doch auch schwören.«

»Ja, das könnte ich, aber«, ließ sich Chartier endlich das Wort nicht mehr abschneiden, »es würde Euch nicht viel helfen.«

Der Leutnant erschrak.

»Warum nicht?«

»Weil es auch noch die Dauphine gibt, mit der zu sprechen sich eine Gelegenheit bieten wird.«

»Die Dauphine«, entsetzte sich der Leutnant, »eure besondere Gönnerin!«

Ihm war natürlich die Sache mit dem Kuß im Bois de Boulogne auch bekannt.

»Das wäre ja schlimmer«, fuhr er fort, »als wenn Ihr beim Dauphin oder beim Gardekommandanten über mich Beschwerde führen würdet.«

»Kann schon sein.«

»Und Ihr wollt das tun? Ihr wollt mich wirklich unglücklich machen?«

»Wenn Ihr nicht aufhört, mich zu belästigen, ja.«

»Schuld an allem sind doch meine stupiden Kerle, das habe ich Euch schon gesagt. Um Euch Genugtuung zu verschaffen, verspreche ich Euch, die Hundesöhne so lange auf Wasser und Brot zu setzen, bis ihnen alle Zähne ausgefallen sind – oder sie gleich verhungern zu lassen! Glaubt mir, ich mache das!«

»Das würde Euch ähnlich sehen.«

»Was«, entgegnete der Leutnant, der an seinem Zorn fast erstickt wäre; er mußte ihn ja bändigen, »soll das heißen?«

»Das soll heißen, daß ich genau das Gegenteil wünsche. Ihr habt die armen Kerle in Ruhe zu lassen. Wegen mir sollen die keine Repressalien erleiden müssen. Nur so könnt Ihr Euch meine Zusage einhandeln, mit der Dauphine nicht über Euch zu sprechen.«

»Einverstanden«, stieß der Offizier rasch hervor.

»Seid aber gewiß, daß ich mich vergewissern werde, daß Ihr Euer Wort nicht brecht. Ihr werdet bestimmt nicht nur einmal erleben, daß ich an Eurem Tor wieder auftauche.«

Der Leutnant nickte ergebenst, innerlich dachte er jedoch: Du wirst nicht mehr oft, wenn ich dich so ansehe, bei uns auftauchen. Wo du auftauchen wirst, kann ich dir sagen – im Friedhof!

Rasch entfernte sich Chartier. Die Wünsche, die ihm von diesem Offizier nachgesandt wurden, waren keine guten.

Der Dichter zwang sich, an den ganzen Vorfall möglichst nicht mehr zu denken. Der Zauber, den die Stadt Paris nun wieder einmal auf ihn ausübte, erleichterte ihm dieses Vorhaben.

Wie gut kannte er doch jede Straße, jede Gasse, jeden Winkel – und doch war es ihm, als schenke sich die Stadt immer aufs neue dem Empfangsbereiten, der ihre Schönheit mit den Lippen kaum zu preisen wagte. Gedichte sind die Gärten, Himmelsodem ihre Schlösser, fuhr es dem lächelnden Chartier durch den Sinn. Und all dies zusammen, das herrliche Paris, die Königin der Städte, kann die schönste Hymne sein, die je ein Mensch aus seiner Fantasie zum Lobe Gottes sang und steinern erbaute.

Im hellen Sonnenlicht tanzten vor ihm kleine Ballen Staub, weiß fast wie dünne Flocken Schnee, und wie von einer Zauberhand berührt, verflog auf den Blüten in den Gärten Tautropfen um Tautropfen, hell funkelnd noch im Augenblick, ehe sie sich in das weite Reich des Äthers saugen ließen.

Traumverloren lief Alain Chartier durch die altbekannten Straßen, entdeckte jeden Garten neu und begrüßte ihn innerlich dennoch wie eine langentbehrte, langersehnte, herrliche Geliebte. Sein Blick liebkoste die ihm vertrauten Häuser und Monumente, und als ihm heiß wurde, stieg er eine Treppe hinunter zum Ufer der Seine und kühlte sich mit deren Wasser Hände und heiße Stirn. Zum Glück erzählten ihm die murmelnden Wellen nicht, welchen Leichnam sie vor kurzem fortgetragen hatten.

Es war, als wollte der Dichter noch einmal Stein für Stein der Stadt in seine Seele senken.

Wie hattest du doch geträumt, schmächtiger, stets hustender Chartier? Auf einer Bank im Park lagst du am See des Jardin d'Acclimatation. Ein Falter küßte dich und trug dich in die Sonne, und die Welt war unter dir, unbedeutend und klein. Schwindel erfaßte dich, du fühltest, daß du Grenzen hast in deinem Leben, daß es die Götter sind, die herrschen, nicht die Menschen.

Welch freien Traum der Seele träumtest du! Ob es die Blüten im Bois so wollten, als ihr Duft im Schlafe dich umwehte? Ob es der Wind mit seinem Schelmenlispeln wollte, als er die langen Zweige deiner Trauerweide in Bewegung hielt?

Ach ja, der See mit seinen schwarzen Schwänen! Wie blühten auf dem dunklen Wasser hell die Rosen, die weißen, denen jeder See den Namen gibt. Auf den breiten Rillenblättern quakten laut die Frösche. Bezaubernd schöne Insel dieser Welt – wer könnte deinen Atem trinken, ohne ein Poet zu werden?

Mit seinen zierlichen Schritten strebte Alain Chartier wieder zum unausweichlichen, ihn wie ein Magnet anziehenden Ziel. Wieder ging er die von Blüten eingesäumten Wege, begrüßte Schilf und Vögel, Trauerweide und die Schwaneninsel und sank mit müdem, aber glücklichen Seufzer auf die weiße Bank, um noch einmal seine Seele ganz im Schönen auszuspannen, ehe er ins Schloß treten würde, um dem Dauphin seine Kunst zu schenken.

Die schwarzen Schwäne zogen majestätisch durch das Wasser.

XI

In seinem stinkenden Versteck lag der Präfekt auf einem ekelerregenden alten Strohsack und stellte immer wieder die gleiche einfache Rechnung an, die sein Inneres zerfraß.

Sechs Beutel Gold hatte der Dauphin auf seinen Kopf ausgesetzt; vier Beutel hatten ihm selbst noch zur Verfügung gestanden, die er den Hafendirnen gegeben hatte; dafür hielten diese ihn hier im Keller zwischen Fässern, Kisten, Säcken, auf verfaultem Stroh versteckt. Aber wie lange noch? Jedes Geräusch, auch das geringste, ließ den Präfekten erbeben. Vier Beutel hatten die Dirnen schon, warum sollten sie nicht noch sechs dazu kassieren wollen? Vier plus sechs Beutel, das ergab zehn Beutel, zehn Beutel, zu verdienen durch die Auslieferung eines Subjekts, das nur noch ein Haufen Dreck war und im eigenen Leben nie auch nur einen Funken Treue geübt hatte.

Zehn Beutel Gold erwarb eine Dirne niemals auf eine ihr als normal zuzusprechende Weise. Mit dieser Summe konnte sie sich im Bois eine Villa erbauen, sich Personal halten, zur Stadtkokotte werden, die in allen Zirkeln saß und die Séparées begehrt machte.

Was galt da ein Präfekt, dessen Amtsgewalt ihn verlassen hatte, der nur noch ein zitternder, fetter, schwitzender, verfolgter Lump war, der gesuchteste Schurke Frankreichs?

Der Dicke sah es ein, daß es keinen Ausweg mehr gab für ihn. Gnade würden selbst die Götter nicht für ihn mehr übrighaben – es blieb allein der Strang oder – noch schlimmer – das Rad, die Folter.

Schande übers Grab hinaus...

Ob man vielleicht in dieser letzten Stunde eines nur von Laster und Verfolgung anderer geprägten Lebens Gerechtigkeit mit eigener Hand übt? Ob sich zusammengeraffter Mut in diesem letzten Augenblick noch nützlich machen kann?

Vielleicht naht schon die Garde, poltern ihre Stiefel bald die steile Treppe zum Versteck herab.

Der kleine Dicke schwitzte nicht mehr, sondern ihn fror nun. Er spürte die Grabeskälte, die ihn schon umwehte.

Es gelang ihm, von der Mauer einen Kalkstein zu lösen. Er schnitt eine scheußliche Grimasse, grinste diabolisch und leistete der Hölle, die sich immer über Zugang freut, einen zusätzlichen Dienst, indem er an die geschwärzte Wand schrieb: »Strafet Orléans und den Burgunder! Der Bastard trachtet nach der Krone!«

Dann setzte er sich auf ein Faß, riß von den Kisten die verrotteten Strickreste und flocht aus ihnen ein langes, festes Seil. Mit zitternden Fingern knüpfte er die Teile zusammen und prüfte ihre Haltbarkeit immer wieder durch ruckartiges Ziehen und Reißen. Um Gott zu lästern, preßte er bei dieser Tätigkeit die schauerlichsten Flüche, deren sich der verkommenste Matrose geschämt hätte, zwischen den Zähnen hervor.

Als er mit der Herstellung des Seiles fertig war und eine letzte Prüfung ergab, daß es seinen Ansprüchen genügte, schlang er es um einen Deckenbalken, knüpfte eine Schlinge, stellte sich ein Faß darunter, bestieg es und – stieg noch einmal vom Faß herunter. Er hatte etwas vergessen. Sorgsam nahm er die Spitzenkrause vom Hals, wie er es jeden Abend getan hatte, und legte sie fein zusammengefaltet auf den Strohsack.

Dann stand er wieder auf dem Faß, ergriff mit beiden Händen die vor seinem Gesicht baumelnde Schlinge und setzte, ehe er den Kopf in sie steckte, zu seinem letzten gotteslästerlichen Fluch an. Doch plötzlich verließ ihn dieser satanische Mut, und er änderte seine Praxis. Er warf das Steuer herum, indem er begann, mit krächzender Stimme ein Vaterunser zu beten. Ganz langsam tat er es, um sich selbst noch ein bißchen Zeit zu geben. Einmal aber endet auch das längste Gebet.

Ein zweites Vaterunser ertönte in dem dunklen Keller und ein drittes. Dann aber ermannte sich die Kreatur, die noch vor kurzem der allmächtige Polizeipräfekt von Paris gewesen war, und legte sich die Schlinge um den Hals. Ein letzter Blick fiel noch einmal auf die Schrift an der geschwärzten Wand.

»Orléans, du bist ein Schurke«, sagte eine Stimme, die ihrem Besitzer selbst völlig fremd war. »Auf baldiges Wiedersehen...«

Der Selbstmörder sprang vom Faß, sein Körper fiel, bis sich der Strick am Hals raffte und krachend das Genick brach. Mit hervorgequollenen Augen, die Zunge im Mundwinkel, hing der Präfekt im Keller, eine Leiche, deren Anblick Entsetzen hervorrufen konnte, aber keine Trauer.

So fanden ihn die von den zwei Dirnen rasch gerufenen Gardisten und knüpften ihn mit rohen, unflätigen Bemerkungen vom Balken. Gut, daß sie nicht lesen konnten. Die Schrift an der Wand sagte ihnen deshalb nichts.

Allein ihr Kommandant, der Marquis de Bérguérac, enthielt sich abfälliger Kommentare. Schweigend stand er vor der Schrift und las sie zum wiederholten Male. Er überlegte. Plötzlich nahm er einen Lappen und löschte des Präfekten letzten Liebesdienst am Herzog von Orléans.

Ein halber runder Strich, dachte der Marquis, ein Strich, der unvollendet blieb, da der Dolchstoß den Buron traf. Sagte ich nicht gleich, es könnte ›Orléans‹ bedeuten? Aber nun fehlt der Beweis, ich habe ihn beseitigt. Warum habe ich das getan? Ich weiß es selbst nicht. Welchen Dank ich mir dafür von welcher Seite eventuell gesichert habe, ist klar. Des Dauphins falscher Freund kann jetzt jedenfalls nicht mehr des beabsichtigten Königsmordes bezichtigt werden. Ob Chartier das vermag? Noch sind seine Erkenntnisse und Möglichkeiten und das, was durch ihn entstehen kann, nicht geklärt. Ich muß ihn heute noch vor dem Fest sprechen.

Mit langsamen Schritten verließ der Marquis den Keller, kletterte auf sein Pferd und ritt davon.

XII

Vergeblich hielt sich der Marquis de Bréguérac unter irgendwelchen Vorwänden in der Nähe des Schloßportals auf, um den Dichter Alain Chartier, wenn er kam, nicht zu verpassen. Zwar hatte der Offizier des Tores an der Avenue de Neuilly durch einen reitenden Boten melden lassen, daß Chartier im Anrücken sei, doch hatte seitdem den Poeten kein Soldat mehr gesehen, und auch eine ausgesandte Streife durch fast alle Straßen der Stadt konnte ihn nicht entdecken. Alain Chartier schien wie vom Erdboden verschluckt. Ihn im Bois suchen zu lassen, kam dem konsternierten Marquis nicht in den Sinn, denn wer setzt sich im Park auf eine Bank, wenn er im Schloß erwartet wird?

Besorgt, die Gruppe der Verschwörer könnte sich Chartiers bemächtigt haben, um seinen Einfluß auf die Dauphine auszuschalten, ließ der Kommandant der Garde den seltenen Fall, daß ein ins Schloß eingeladener Mensch verschwunden war, dem Dauphin melden. Dieser wiederum suchte das Boudoir seiner Gemahlin auf, um ihr die Nachricht, die als kleine Hiobsbotschaft anzusehen war, schonend zu überbringen. Doch die Dauphine erschrak nicht, sondern über ihre Züge glitt ein unbesorgtes Lächeln.

»Mein Lieber«, sagte sie, »Dichter lassen sich nicht mit allgemeinen Maßstäben messen. Wer Gott so nahe steht, hat der nicht ein angestammtes Recht, allein dem Rhythmus seiner Kunst zu leben? Du hast ihn eingeladen, um mich zu erfreuen – er wird auch kommen, doch ob das um neun oder um elf erfolgt, das weiß im Moment vielleicht noch nicht einmal er selber. Es kommt darauf an, wohin ihn der Drang der Seele gerade treibt.«

Der Dauphin nickte, streichelte die Wangen seiner Gemahlin und beugte sich dann über ihre Hand.

»Mir scheint, meine Liebe, du kennst dich mit Dichtern besser aus als ich. Ich bin umgeben von Höflingen, Diplomaten, Generalen, rauhen Kriegern – aber nicht von Poeten. Kein einziger hat bisher meinen Weg direkt gekreuzt. Daß man einen Dichter von den Menschen abhebt, um ihn zwischen Welt und Himmel, verklärt vom Sonnenlicht und eingetaucht im Erdenschaffen –«

»Mon Dieu!« unterbrach die Dauphine freudig erregt ihren Gatten. »Du bist ja selbst auch schon ein Poet! Du müßtest dich sprechen hören!«

»Was habe ich denn gesagt?« fragte der Dauphin etwas verlegen, fuhr aber, ohne eine Antwort seiner Gemahlin abzuwarten, selbst fort: »Ist ja egal. Zum Ausdruck wollte ich bringen, daß mir dieser Alain Chartier ein Beispiel dafür ist, zu welcher Würde sich der ärmste Mensch erheben kann, wenn er begnadet ist.«

Mit einer graziösen Verbeugung wollte der Dauphin das Boudoir seiner Frau verlassen, wurde jedoch von ihr zurückgehalten.

»Hat man den größten Schurken, der je gesucht wurde, schon gefunden?« fragte sie.

»Den Präfekt?«

»Ja.«

Der Dauphin räusperte sich.

»Es wäre mir lieber gewesen, du hättest nicht danach gefragt.«

»Warum?«

»Du freust dich auf das Fest heute abend. Meine Antwort auf deine Frage wird dir aber die gute Laune verderben.«

»Man hat ihn also noch nicht gefunden?«

»Doch.«

»Doch?!« rief die Dauphine, in die Hände klatschend. »Und das nennst du eine Enttäuschung für mich?«

»Wir konnten ihn aber nicht mehr lebend erwischen.«

»Merde!« entfuhr es der Dauphine, die im rauhen Schottland aufgewachsen war, was in manchen Momenten immer noch seinen Ausdruck fand.

Der Dauphin amüsierte sich.

»Was sagtest du, meine Liebe?«

»Ich?« antwortete sie unschuldig, wobei sie freilich nicht verhindern konnte, zu erröten. »Nichts.«

»Sagtest du nicht –«

»Pssst!« unterbrach sie ihn, ihm ihren Zeigefinger auf den Mund legend. »Wer hat ihn umgebracht?«

»Den Präfekt? Er sich selbst.«

»Wirklich?«

»Sie fanden ihn in einem Keller, erhängt von eigener Hand.«

»Von eigener Hand, ist das sicher?«

»Ja, warum?«

»Weil ich ihm das gar nicht zugetraut hätte«, sagte die Dauphine und setzte verächtlich hinzu: »Diesem Feigling!«

Der Dauphin berichtete Näheres, dann ging er. Kurz darauf ließ sich bei ihm schon wieder der Kommandant der Garde melden, um mitzuteilen, daß vom Dichter Chartier immer noch jede Spur fehle.

»Laßt die Suche fortsetzen«, ordnete der Dauphin an, dem es wichtig war, daß kein Soldat faul herumlag, sondern beschäftigt wurde. »Irgendwo in Paris *muß* er sein, da er die Stadt, wie uns bekannt ist, betreten hat. Übernehmt seine Bedeckung, wenn er gefunden wird. Ihr seid mir aber dafür verantwortlich, daß dies so dezent geschieht, daß er es als Schutz und nicht etwa als Gefangennahme empfindet.«

Der Marquis salutierte und ritt wenig später mit seiner Begleitung wieder aus dem Hof des Schlosses.

Zur gleichen Stunde fast verließ durch eine Gartentür die Dauphine in unauffälliger Kleidung einer Frau aus dem Volk das Gelände des Schlosses und wanderte, ein Mensch wie ungezählte andere, im großen Strom derselben durch die Stadt Paris. Niemand erkannte sie. Instinktiv glaubte sie zu wissen, wohin sie sich zu wenden hatte, um den Vermißten aufzuspüren: zur Bank am See d'Acclimatation.

Mit schnellen Schritten bog sie in die Wege nach Boulogne ein und atmete erleichtert auf, als hinter ihr die ersten hohen Bäume des Bois das Stadtgetümmel von der süßen Stille der Natur trennten.

XIII

Wie viele Stunden Alain Chartier unter der Trauerweide saß und in das gekräuselte Wasser des Sees blickte, den schwarzen Schwänen bei ihrem lautlosen Gleiten zusah, wie lange er das Spiel der Sonnenstrahlen durch die dichtbelaubten Zweige beobachtete und die gebrochenen Strahlen einzeln zählte, wußte er nicht und trachtete auch nicht, es in Zeit und Raum zu fassen.

Dort, hinter den hohen Bäumen, lag Paris, sein geliebtes, ersehntes, immer wieder neu erobertes, herrliches, fast geheiligtes, sündhaftes Paris, seine Liebe, sein Glaube, seine Kraft, sein Sinn – Paris, nur Paris – und der Drang, dieser Stadt als Sohn auch würdig zu sein.

Plötzlich, getrieben vom Unbewußten, legte er wieder ein Blatt auf die Knie und schrieb, ohne lange um den einzelnen Reim ringen zu müssen.

Wenig später sank er erschöpft in sich zusammen. Ein trockener Husten schüttelte seinen Körper, aber er lächelte nur darüber, denn siehe, das Schicksal wird ihm zwei herrliche Jahre schenken. Zwei Jahre, o glücklicher, schöpferischer Alain Chartier, du schmächtiger, blasser Mensch, aus dessen Augen schon der Tod zur Erde blinzelt. Zwei Jahre – und Paris nicht deine Mutter, nein, deine Geliebte...

Er ließ sich wie damals auf der Bank wieder nach hinten gleiten, bis er liegend in die Sonne sah. Das Blatt Papier legte er auf seine Brust, faltete seine Hände darüber und lächelte wieder ein wenig sarkastisch, als der hohle Husten den kleinen Körper auf und ab warf.

Und wieder drang der Zauber der Natur in ihn ein, die Stille des Gartens besänftigte sein Gemüt, und der Blumenduft betäubte ihn und glättete die Erregung seiner Brust. Der leise Wind, der in den Zweigen spielte, trug sein Flüstern hinweg in die Stadt: »Heute, oh, Herrliche, komme ich zu dir als Sieger...«

Alain Chartier schlief...

Lächelnd trat Margarete von Schottland aus den Büschen und verhielt den Schritt! Wie konnte es anders sein – auf der Bank im Park lag Alain Chartier, ein neues Gedicht auf der Brust, ein glücklicher Mensch, der von den Göttern träumte.

Ob ihn der Kuß wieder zur Bank getrieben hatte? Oder er nicht von den Göttern träumte, sondern von einer Göttin, die ihn als Muse im Schlafe beglückte.

Du lieber, gläubiger Mensch im Schoße der Natur, noch einmal will ich dich küssen, ehe ich nur noch die Königin für dich sein werde. Aus Dankbarkeit küsse ich dich, deine herrlichen Gedichte veranlassen mich dazu.

Lautlos setzte die Dauphine einen Fuß vor, um an den schlafenden Poeten heranzutreten. Da erstarrte sie. Ein mächtiger Donner grollte am Himmel. Sie blickte hinauf und entdeckte die schwarze Front eines schweren Gewitters, dessen rasches Herannahmen ihr entgangen war. Nichts fürchtete die Dauphine mehr als Blitz und Donner; Hals über Kopf floh sie deshalb.

War das Grollen der Natur ein Zeichen? Drückte es einen höheren Willen aus, dem ein zweiter Kuß unangebracht schien?

Wer hätte das sagen können...?

Die ersten Regentropfen, die fielen und anfingen, Chartier zu durchnässen, weckten auch ihn. Verwirrt blickte er um sich. Keine Sonne schien mehr. Die Schwäne waren verschwunden. Der Wind fächelte nicht mehr lind, sondern blies heftig, feindselig, ruckartig an- und abschwellend. Der Staub wurde von den Wegen hochgerissen und in die Büsche geschleudert.

Dunkel wurde es.

In der Ferne aber, das wußte Alain Chartier, lag hell das Schloß, in dem flinke Gesindehände tausend Kerzen entzündet hatten, um für Licht zu sorgen.

Er erhob sich.

»Ich komme«, flüsterte er.

Hustend trat er seinen Weg an...